刀帝
도제

도제 ⑤

지은이 | 글작소
펴낸이 | 권순남
펴낸곳 | (주)마야 · 마루출판사

등록 | 2008. 1. 7(제310-2008-00001호)

초판 인쇄 | 2011. 11. 22
초판 발행 | 2011. 11. 24

주소 | 서울시 노원구 상계 1동 1049-25 신영산업 BD 602호
대표전화 | 02-2091-0291
팩스 | 02-2091-0290
이메일 | marubooks@hanmail.net
ISBN 978-89-280-0536-9(세트) / 978-89-280-0627-4
정가 | 8,000원

잘못된 책은 교환하여 드립니다.
저자와 협의하여 인지를 붙이지 않습니다.

도제

5

글작소 신무협 장편소설
MAYA & MARU ORIENTAL STORY

제53장. 뒤틀린 계획 …007

제54장. 무너진 희망 …029

제55장. 의외의 소득 …053

제56장. 어려운 결정 …079

제57장. 추억을 들추는 서신 …099

제58장. 의외의 만남 …131

제59장. 충분히 거절할 일 …153

제60장. 필사의 도주 …179

제61장. 태산파의 문제 …197

제62장. 조사단을 꾸리다 …219

제63장. 잘린 꼬리 …247

제64장. 보기 싫은 얼굴 …269

제65장. 씁쓸한 해후 …291

제53장
뒤틀린 계획

 오월, 계림의 봄은 온 도시가 취할 정도로 계화 향기가 진했다.
 이강변은 물론이고 도시 곳곳에 들어선 계수나무들이 모두 꽃을 피운 계림은 꽃의 도시라 불러도 손색이 없을 정도로 아름다웠다.
 그렇게 계화로 도배된 계림의 거리를 벽사흔과 예린이 걸었다.
 "음~ 향기가 너무 좋아요. 벽 가주님은 어떠세요?"
 "너만 곁에서 떨어진다면 좋을 것 같긴 하다만."
 "왜요? 제가 이렇게 옆에 있으면 향기가 느껴지지 않을 정도로 황홀해서요?"

곁으로 바짝 다가서는 예린의 물음에 벽사흔의 미간에 주름이 잡혔다.
"그래, 너무 황홀해서 아주 돼지겠다."
"어머~ 그렇게나 좋아요. 호호호."
뭐가 좋은지 까르르거리는 예린을 흘깃 바라본 벽사흔이 혀를 찼다.
"쯧. 말귀를 못 알아듣는 건지, 아니면 비위가 좋은 건지……."
"어떤 거였으면 좋겠는데요?"
"쯧, 내가 말을 말아야지."
고개를 내저으며 걸음을 빨리하는 벽사흔을 예린은 별로 힘들지 않게 쫓았다.
"거리에서 경공 쓰면 안 된다."
"사람들은 느끼지도 못하는걸요."
"그래도 그렇게 귀신처럼 '스스스' 거리며 다니는 거 별로 좋아 보이지 않아."
"어머! 이게 유령보인 건 어떻게 알았어요?"
"난 유령이라 그런 적 없다."
"유령이나 귀신이나……. 그나저나 내가 안 좋아 보이는 게 신경은 쓰이나 봐요? 역시 좋아하는 여자가 예뻐 보여야 기분이 좋죠. 그렇죠?"
"그냥 그러고 다녀라."

"호호호, 그렇게 저랑 떨어지는 게 싫어요? 알았어요. 경공을 써서라도 꼭 붙어 다닐게요."
"끄응."
 결국 입을 다무는 것을 택하는 벽사흔의 곁에 달라붙은 예린은 여전히 말을 그칠 생각이 없어 보였다.
"…다는 거죠. 그러니까 다 내가 예쁘다는 걸 인정한다……. 왜 서요?"
"다 왔으니까."
 벽사흔의 말에 고개를 돌린 예린의 시선에 붉은 편액이 들어왔다.

상화루

 잠시 멈칫거리는 순간 벽사흔은 상화루 안으로 발을 들여놓고 있었다.
"어, 어서 오십시오, 가주님."
 당황한 총관의 인사에 벽사흔은 손을 들어 보였다.
"총관도 잘 있었고?"
"예, 덕분에……. 어찌, 방을 준비해 올릴까요?"
"아니, 루주를 좀 봤으면 좋겠는데."
"안내를 해 드리겠습니다. 이리로……."
 앞서는 총관을 따라 별채로 움직이는 벽사흔의 곁으로 어느새 예린이 따라붙었다.

그런 예린을 일별한 벽사흔은 못마땅한 표정으로 짧게 혀를 찼다.

"쯧."

하나 그뿐이다. 다른 말이 없자 예린의 표정이 작게 굳어졌다.

그런 그녀를 흘깃거리던 총관은 별채에 다다르자 안으로 기별을 넣었다.

"루주님, 벽 가주님 오셨습니다."

총관의 말이 끝나기 무섭게 문이 열리며 루주인 란야가 모습을 드러냈다.

"어서 오세요, 벽 가주님. 안으로 드시죠."

란야의 권유에 벽사흔이 방 안으로 들자 예린도 냉큼 그를 따라 방 안으로 들어섰다.

한데 벽사흔은 무슨 생각인지 그런 그녀를 만류하지 않았다.

상석에 벽사흔이 앉자 란야가 그 앞에 다소곳이 앉았다.

"어쩐 일로 가주님께서 직접 이곳까지……?"

"며칠 있으면 단양이지?"

그 말에 란야와 예린 두 여인의 몸이 흠칫거렸다.

"예, 벽 가주님."

"이연의 제(祭)는 어찌 치르나?"

벽사흔의 물음에 란야는 깊게 가라앉은 눈빛으로 답했다.

"기녀에게 제라뇨… 그런 사치는 부리지 않는답니다."

"제도 지내지 않는다고?"

다소 놀라는 눈치인 벽사흔에게 란야가 쓸쓸한 음성으로 답했다.

"예. 기녀로 오랜 시간 기억되고 싶은 여인은 없는 법이니까요."

"그런가? 흠… 그렇겠군."

"그 때문에 오신 겁니까?"

"그냥… 궁금했다. 잘 지내나?"

이연… 의화의 장례가 치러진 이후 벽사흔이 상화루를 찾은 것은 이번이 처음이었다. 그동안은 걸음을 하지 않았던 것이다.

"벽가의 보살핌으로 잘 지내고 있습니다."

사탕발림이 아니라 정말 잘 지내고 있었다. 벽가가 광서의 패권을 완벽히 차지한 이후, 주변 군소 방파의 고수들이 찾아와 행패를 부리는 일은 완전히 사라졌다.

"다행이군."

그 말을 남기곤 벌떡 일어서는 벽사흔을 향해 란야가 물었다.

"벌써 가시려고요?"

"뭐, 달리 물을 것도 없으니까."

성큼성큼 걸어 문을 여는 벽사흔에게 란야가 물었다.

"의화의 방은 그대로 두었습니다. 잠시 들러 보시겠습니까?"

멈칫.

열어젖힌 방문을 잡은 채 그대로 굳어진 벽사흔의 입에서 답이 나온 것은 일각(15분)이나 지난 후였다.

"아니, 되었다."

그대로 방을 나서는 벽사흔 향해 란야가 고개를 조아렸다.

"그럼 살펴 가십시오."

"그래."

그렇게 멀어져 가는 벽사흔은 예린이 자신을 따라나서지 않는 것도 인식하지 못하고 있었다.

벽사흔의 모습이 별채를 완전히 벗어나서야 고개를 든 란야가 예린을 바라보았다.

"말씀하시지요."

마치 기다렸다는 듯이 묻는 란야를 이채 섞인 눈으로 바라보던 예린이 물었다.

"혹시 제가 볼 수 있을까요?"

"무엇을 말인가요?"

"의화… 아니 이연 소저의 방 말이에요."

"누구… 시냐고 여쭙진 않겠어요. 하지만 방은 보여 드릴 수 없답니다."

"왜죠?"

"그 방은… 아직 주인을 기다리고 있으니까요."

"주인은 이미 죽지 않았나요?"

예린의 말에 란야는 슬픈 미소를 지어 보였다.

"절반의 주인은 아직 계시니까요."

그게 누구냐는 바보 같은 질문은 하지 않았다. 아까 벽사흔에게 가 보겠냐고 물었었으니까.

"그가 잊지 않길 원하는군요."

"그 반댑니다. 누구보다 잊길 원하지요."

"한데 왜 방을 그냥 두는 거죠?"

"그 방에 들어가실 수 있는 날, 그 아이를 마음에서 떠나보낼 수 있으실 테니까요."

"그 말이 사실이길 빌죠."

몸을 돌려 나가는 예린에게 란야가 말했다.

"좋은 분입니다. 소저께서도 좋은 분이길 바랍니다."

잠시 멈춰졌던 발을 다시 옮기는 데 예린은 꽤나 힘을 내야만 했다.

† † †

예린이 돌아온 벽가는 무슨 이유에선지 조금 분주해 보였다.

고개를 갸웃거리며 안으로 들어서던 예린은 잔뜩 화가 난 벽사흔과 마주쳐야 했다.
"어, 어디 가요?"
"알 것 없어!"
버럭 화를 내는 벽사흔의 기세에 밀려 물러나는 예린의 뒤로 마찬가지로 잔뜩 성이 난 표정의 송찬과 팽렬이 따라붙었다.
그런 그들의 앞을 겁먹은 표정의 무사가 가로막았다.
"저기… 가, 가주님."
"왜?"
"소, 손님이……."
수문 위사를 맡은 세가 무사의 말에 고개를 돌리던 벽사흔은 눈빛이 더 사나워졌다.
"이 자식들이!"
벌컥-
"컥!"
냅다 멱살을 틀어쥐는 벽사흔의 행동에 당황한 단리세가의 무사가 황급히 서신을 내보였다.
"가, 가주님의 서, 서신을 가지고 왔습니다."
"왜, 어디서 제대로 한판 하자는 전갈이라도 보낸 거야?"
"그, 그게… 읽어 보시면……."
목이 조여 제대로 말을 잇지 못하는 단리세가 무사의 손에서 서신을 채어 간 벽사흔이 그를 내동댕이쳤다.

"크윽!"

어찌나 기세가 거센지 무사는 그 흔한 낙법 하나 펼치지 못해 그대로 바닥에 처박히며 신음을 흘렸다.

그런 단리세가의 무사는 거들떠도 안 본 벽사흔이 서신을 펼쳐 들었다.

"친전은 개뿔! 그래서 뭐 어쩌자……."

버럭거리던 벽사흔의 뒷말이 흐려졌다.

그와 함께 사위를 질식시킬 것같이 흐르던 사나운 기세도 점차 흩어졌다.

"수뇌 회의 소집해."

그 말만 던지고 돌아서는 벽사흔의 모습에 한껏 기세를 올리며 뒤따르던 송찬과 팽렬은 연유를 몰라 연신 고개를 갸웃거리고 있었다.

긴급히 소집된 회의석상은 전혀 다른 내용을 담은 두 장의 서신을 두고 묘한 분위기 속에 잠겨 있었다.

"어찌… 하실 생각이십니까?"

"갈평, 네 생각은?"

"태상가주… 그러니까 도군의 서신은 도발입니다. 그냥 넘어가면 결코 안 될."

"그건 알아! 내가 묻는 건 그 뒤에 온 가주란 놈의 서신을 말하는 거야."

"그게… 이 서신이 사실이라면… 단리세가는 현재 내분 중입니다."

"그래서?"

"내분이 끝나면 그때 다시 논하시는 것이……."

대장로인 벽갈평의 말을 듣는 벽사흔의 시선은 단리격이 보낸 서신의 마지막 줄에 가 있었다.

〈세가를 바로 세우지 못한 무능을 용서치 마시길…….〉

"도군을 그놈이 이길 수 있을까?"

"무슨 말도 안 되는……."

자신도 모르게 입을 비집고 나온 말에 송찬은 당황한 눈치였다.

"지면 죽일까?"

"설마, 그래도 자식인데."

송찬의 말에 팽렬이 조심스러운 음성으로 끼어들었다.

"그게… 아비에게 칼을 든 자식입니다. 살려 두어 봐야 뒤만 위험할 겁니다."

"그렇다고 아비가 자식을 죽인단 말이야?"

말도 안 된다는 듯한 송찬의 물음에 팽렬이 고개를 끄덕였다.

"그게 강호고, 무림세가의 법입니다. 자식이 아니라 부모일지라도 변절은 죽음뿐입니다."

팽렬의 말에 장내엔 싸늘한 정적이 내려앉았다.

"어쩔… 생각이야?"

조심스러운 송찬의 물음에 벽사흔이 입을 열었다.

"단리세가는 내 보호하에 있다. 그것을 인정하는 수결을 찍은 놈은 단리격, 단리세가의 가주란 놈이지. 그놈을 떨어내려 한다면, 이미 단리세가 내부의 일은 아닌 거야."

"애들… 준비시킬까?"

송찬의 물음에 벽사흔의 고개가 저어졌다.

"소수 정예. 너, 그리고 팽만 간다."

팽렬은 물론이고, 송찬도 초극이다. 벽가에서 초극 이상은 아직 그 둘뿐이었다.

"너무 위험합니다."

당장 벽라가 제동을 걸고 나섰다.

아무리 내부 분란 중이라지만 단리세가는 그렇게 만만한 곳이 아닌 까닭이다.

그런 벽라를 지그시 바라보던 벽사흔이 툭 내뱉었다.

"미친놈."

그 말만 남겨 놓은 벽사흔이 일어서자 사람들도 모두 일어섰다.

"세가의 무사들을 대동하시는 게……."

벽갈평의 걱정스런 음성에 벽사흔이 고개를 저었다.
"전쟁하러 가는 거 아니다."
"하오시면……?"
"버릇없는 놈의 모가지 꺾으러 가는 것뿐이다."
그 버릇없는 놈이 도군이라는 것을 안다. 그리고 그가 갖는 단리세가에서의 지위와 위치까지도.
"그것이 다릅니까?"
다르지 않기 때문에 물은 것이다. 하지만 벽사흔의 답은 단호했다.
"달라."
"어찌 다른 것이온지……?"
"왜 다른지는 직접 보여 주지. 하니 기다려."
그 말만 던져 놓고 진마전을 나서는 벽사흔을 팽렬이 황급히 따라 나갔다.
그들의 뒤를 따르던 송찬이 걱정스런 표정이 가득한 수뇌들에게 말했다.
"괜찮을 거다. 강호십대고수들이 모조리 모인 무림지회마저 뒤엎고 나선 인사다. 삼황이라지 않냐. 단리세가가 아니라 무당도 못 막아. 이건 경험이니까 믿어도 돼."
안심을 시킨답시고 한 말에 사람들의 눈에 경악이 일었다. 특히 벽갈평은 실신 직전의 표정이 되었다.
"서, 설마 무당도 헤집고 다니셨단 말입니까?"

"크크, 헤집고 다닌 건 아니고. 무극검황한테 막 반말해 대고, 차랑 밥은 뺏어 먹었지."

자랑 비슷하게 히죽이며 떠들던 송찬은 점점 더 까맣게 변해 가는 벽갈평의 얼굴을 뒤늦게 발견하곤 황급히 자리를 떴다.

"느, 늦겠다."

송찬이 그렇게 후다닥 진마전을 벗어나자 남겨진 벽가의 수뇌들은 휘청거리는 벽갈평을 부축하느라 소란을 떨어야만 했다.

† † †

어둠이 내려앉은 단리세가는 을씨년스러울 정도로 조용했다.

그렇게 조용한 단리세가의 접객당에 딸린 별채에서 수 노가 미지의 사내와 마주 앉아 있었다.

"세가가 조용하군요."

"비상 경계령 탓입니다. 경계에 동원된 무사들이 모두 몸을 숨기고 경비에 임하는 까닭에 조용한 것입니다."

수 노의 물음에 답하는 사내는 문사풍의 복식과 달리 무인에게나 어울릴 법한 날카로운 눈매를 가지고 있었다.

"그나저나 도군이 계획대로 움직이고 있어 다행입니다."

수 노의 말에 사내가 무덤덤한 음성으로 답했다.
"벽가를 멸문시키는 것도 아니고, 그저 공격만 유발하라는 조건이니 어려울 게 없겠지요."
"벽가가 공격해 오면 뒤처리는 어찌하실 요량이십니까?"
"주변에 광서 향방군 삼만이 대기 중이오. 그들이 출동해서 그간 강서와 복건에서 벌어진 살육의 범인을 추포하게 될 것이오."
"강서와 복건의 살육이라면… 여산파와 한도파의 혈사 말씀입니까?"
"세간에선 그리 부르는 모양이더구려."
"하, 하면 벽가가 범인이라는 증거라도 나온 것입니까?"
놀란 표정의 수 노를 바라보던 사내가 피식 웃어 보였다.
"증거는… 찾는 것이 아니라 만드는 것이라오. 그대 정도의 지위라면 알고 있을 거라 생각했는데, 내가 너무 과대평가했던 모양이구려."
사내의 답에 수 노는 놀란 표정을 얼른 추슬러야 했다.
"서, 설마 했던 것일 뿐입니다."
"그렇다면 다행이고……. 그나저나 목격자로 나서자면 잘 보고, 잘 들어야 할 거요. 뭐, 안전을 위해서는 별도의 방안이 있어야 하겠지만 말이오."
"그건 염려치 마십시오. 강호인들에게도 크게 밀리지 않을 호위 무사들을 동행시켰으니 말입니다."

수 노의 말에 사내는 천천히 고개를 끄덕였다.

그가 보기에도 수 노를 따라온 호위 무사들은 꽤나 강해 보였던 것이다.

"여하간 실수가 없어야 할 것이오. 이번 일을 위해 신국공께서 기울이신 노력이 결코 적지 않다는 걸 유념해야 할 게요."

"명심하고 있습니다."

"그렇다면 다행이구려."

자신의 말에 고개를 끄덕여 보이는 사내에게 수 노가 조심스럽게 물었다.

"그나저나 이번 일이 성공하면 정말 조건을 들어주실 생각이십니까?"

"무슨 조건 말이오?"

"단리세가에 제의하신 조건이 있다고 들었습니다."

"아! 그들의 운남 귀환과 옛 장원에 대한 반환을 말씀하시는 게요?"

"맞습니다. 그 조건… 정말 들어주실 생각이신 겁니까?"

"약속은 지켜질 것이오. 물론 돌아갈 수 있는 단리세가의 사람이 남아 있는가의 문제는 별개겠지만."

그 말에 섞여 흐르는 날카로운 기운을 느낀 수 노의 얼굴이 굳어졌다.

"아! 미안하오. 나도 모르게 살기를… 여하튼 이들은 살아 돌아가지 못할 것이오."

"어찌……?"

"안타깝게도 향방군의 출동이 늦어진 바람에 피해자들을 구명하지 못한 것이라오."

"그, 그 말씀은……?"

사색이 되는 수 노를 바라보며 사내가 말을 이었다.

"아! 그렇다고 정말 늦게 온다는 뜻은 아니오. 우리가 늦으면 그대의 안위가 위험하지 않겠소? 말이 그렇다는 거요, 말이. 하하하."

무엇이 웃긴지 크게 웃는 사내를 바라보는 수 노의 얼굴은 여전히 어두웠다. 그런 수 노의 반응 때문인지 사내가 고개를 저었다.

"이런, 내 괜한 장난을 쳤던 모양이로구려. 걱정 마시오. 향방군은 제시간에 도착해서 일을 마무리 지을 것이오. 다만, 그 과정에서 단리세가의 무사들도 무사치 못할 것이란 이야기요."

"그럼 벽가와 단리세가를 모두 상대하시겠다는 말씀인데… 외람됩니다만, 삼만의 향방군으로 가능한 일입니까?"

여전히 불안한 표정인 수 노의 물음에 사내는 어깨를 으쓱여 보였다.

"굳이 둘 다를 상대할 이유가 뭐 있겠소. 일단 단리세가와 힘을 합해 벽가의 무사들을 추살하고, 뒤이어 긴장이 풀어진 단리세가의 무사들에겐 그대가 준비한 술이 공급될 뿐이라오."

"제가… 준비한 술이요?"

"그렇소. 그렇다고 직접 준비하라는 말은 아니니 걱정하지 마시구려."

"하면……?"

"이미 술은 주변에 주둔 중인 향방군이 가지고 있소. 물론 약간의 조치가 취해진 술이지만… 뭐, 고통 없이 죽게 되는 일이니 단리세가의 무사들에게도 나쁜 일은 아닐 게요."

사내의 말뜻을 알아들은 수 노는 당혹스런 표정을 감추지 못했다.

"그, 그러다 발각이라도 되면… 아시겠지만 강호인들은 독에 민감합니다."

"강호인을 상대로 독을 쓰면 안 된다는 것쯤은 알고 있소. 해서 미혼약이 사용될 거요."

"미혼약도 종류에 따라선 알아차릴 것입니다."

"어의들이 지은 미혼약이오. 무색무취에다 어찌 나가떨어지는지도 모르고 잠드는 약이라오. 솔직히 이런 일에 사용하기엔 너무 고가인 약이지만, 뭐 어쩌겠소. 신국공께서 원하시니 따를 뿐이지."

들은 기억이 있다. 황실 비전의 미혼약.

여하한 이유로도 몸에 칼을 대지 않는 것이 황실의 법도이니, 수술에나 쓰일 법한 미혼약을 어의들이 지었다고 황실의 의료 행위를 위해 사용되는 것은 아닐 터였다.

그것이 사용되는 경우는 황실의 의심을 산 고위 무장들을 잡아들일 때다.

강호의 고수들만큼이나 무예에 통달한 고위 무장들을 별다른 불상사 없이 추포하기 위하여 비밀리에 사용되어지는 것이다.

사내는 그것을 단리세가에 쓰겠다고 말하고 있었다.

"들통 나면 황실에까지 문제가 퍼질 겁니다."

수 노의 걱정스런 말에 사내는 고개를 저었다.

"그것을 전한 어의가 말하길, 강호 고수가 아니라 신선도 피할 수 없다 해서 포선취(捕仙醉)라 불린다고 하더이다. 실패하면 자신의 목을 쳐도 상관없다고 했으니 효과는 믿어도 좋을 것이오."

언행에 각별히 유념하기로는 어의만큼 신중한 이들이 없다. 말 한마디가 칼이 되어 돌아오는 일이 비일비재한 까닭이다.

오진은 말할 것도 없고, 처방이 듣지 않거나 병이 나을 예상 일을 잘못 꼽아도 목이 날아가는 이들이 바로 어의들이었기 때문이다.

그런 어의가 자신의 목을 걸었다면 효과는 의심할 여지가 없었다.

"그렇다면야… 알겠습니다."

비로소 걱정을 털어 버리는 수 노에게 사내가 말했다.

"그럼 준비 잘하고 기다리시구려. 난 이 길로 나가서 대기 중인 광서 향방군과 합류해 있겠소. 신호가 오면 그들을 곧장 움직여야 할 테니까 말이오."

"알겠습니다."

수 노의 답에 사내는 미련 없이 자리를 털고 일어나 방을 나갔다.

그런 사내의 뒷모습을 바라보는 수 노의 눈은 작은 불만으로 차오르고 있었다.

단리세가를 남 대륙 상회와 분리하기 위해서 도군을 자신의 손으로 방면시키는 데까지는 자신의 계획과 같았다.

하지만 그 일을 시행하려던 순간, 신국공은 돌연 수 노의 행동을 중지시켰다. 그리고 내려온 계획이 바로 지금의 일을 만들고 있었다.

왜? 무슨 연유로 지금 같은 일을 꾸몄는지는 알 수 없었다.

하지만 기호지세라고, 이미 한배를 탄 이상 수 노는 신국공의 명을 거부할 수 없었다.

그것이 수 노가 지금 단리세가에 머물고 있는 이유였다.

제54장
무너진 희망

 수도 적은 데다 실력이 상대적으로 낮은 제자들을 이끄는 탓에 단리격은 자신을 따르는 제자들을 잘게 흩어 놓기보단 크게 세 조로 나누어 움직였다.
 첫 번째 조는 세 개의 조 중에서 가장 큰 규모로, 자신을 따르는 제자들의 절반에 달하는 백여 명으로 이루어졌는데 이들에겐 장로원의 제압이 맡겨져 있었다.
 두 번째 조에게는 장로원을 구하려는 다른 제자들의 움직임을 막는 임무가 주어졌다.
 마지막 세 번째 조는 단리격 자신과 십여 명의 일 대 제자로 구성되었다.
 이들은 도군을 제압하기로 되어 있었다.

계획이 시작되자마자 삼 조를 이끌고 달리는 단리격은 숨 쉬는 시간조차 아까웠다.

 도군의 능력상 제자들의 비정상적인 움직임을 곧바로 알아차릴 것이다.

 그가 장로원과 만나면 오늘의 계획은 제대로 펼쳐 보지도 못한 채 물거품이 된다.

 그러기 전에 반드시 도군을, 자신의 아버지를 태상가주전에 가둬야 했다.

 미친 듯이 달려 태상가주전에 도착한 단리격은 막 전각을 벗어나려던 도군의 앞을 간신히 가로막을 수 있었다.

"머, 멈추십시오!"

 자신의 앞을 가로막은 단리격을 바라보는 도군의 눈가가 찌푸려졌다.

"네 녀석……!"

 뒷말은 잇지 않았다.

 곧이어 단리격의 뒤로 분분히 내려서는 일 대 제자들의 모습을 확인한 까닭이다.

 대신 불같은 분노가 뿜어져 나왔다.

"감히!"

 푸황—

 바람이 불었다. 거칠고 사나운 바람이.

 그렇게 기세를 유형화시켜 뿜어내는 도군을 바라보는 단

리격과 일 대 제자들의 눈엔 두려움이 들어섰다.

하지만 그것도 잠시, 두려움은 이내 죽음을 불사한 결의로 바뀌었다.

자신을 가로막은 아들과 일 대 제자들의 눈빛을 직시하던 도군의 표정이 일그러졌다.

겁을 주어 물러서게 만드는 것이 실패했다는 것을 알아차렸기 때문이다.

그렇다고 조용히 물러설 수도 없다.

세가 내에서 느껴지는 기파의 이동으로 볼 때 단리격과 한통속인 제자들이 이미 빠르게 움직이고 있다는 것을 알고 있는 까닭이었다.

"정녕 내 앞을 가로막을 셈이더냐?"

도군의 사나운 음성에 단리격은 마른침을 삼키며 앞으로 나섰다.

"용서… 해 주십시오."

"용서? 용서를 말하는 놈이 앞을 가로막아!"

"소자가 막지 않으면 단리의 이름이 바닥으로 떨어질 것이기 때문입니다."

"근거지와 역사를 버리고 온 놈이 단리의 이름을 거론한단 말이더냐?"

"최선을 다했으나 지키지 못한 것입니다. 하오나 지금의 일은 지킬 수 있는 것을 스스로 버리는 행동입니다. 이것은… 변절이고, 배신입니다. 의와 협. 정사지간이니 그것을 굳이 따라야 한다고 말하진 않겠습니다. 하지만 도리를 버리고서야 어찌 사람이라 하겠습니까?"

"네놈이 감히 지금 내게 훈계를 하는 것이더냐!"

버럭 소리를 지르는 도군에게 단리격이 말했다.

"소자가 감히 어찌 아버님께 훈계를 하겠습니까? 그저 지켜야 한다고 사정을 드리는 것입니다."

"네놈의 사정은 앞을 가로막고 하는 것이더냐?"

"그렇기에 용서를 빈 것입니다."

단리격은 고개를 조아리면서도 기세를 감추지 않았다. 피할 수 없다면 전력으로 맞서겠다는 뜻을 그렇게 보이고 있었던 것이다.

단리격의 뒤에 늘어선 일 대 제자들도 마찬가지다. 도병을 굳게 움켜쥔 모양새가 언제라도 출수할 수 있도록 준비를 갖춘 모습이었다.

"모습들을 보아하니 이미 내 결정은 알고 왔을 터. 네놈을 꺾고 반란을 꾀한 놈들을 모조리 참할 것이다."

도군의 말에 결심을 굳힌 단리격이 천천히 도를 뽑았다.

순간 뒤에 서 있던 일 대 제자들도 일제히 도를 뽑아 들었다.

"네놈들이 감히!"

불같이 분노하는 도군의 앞에 갑자기 단리격이 무릎을 꿇고 앉아 자신의 도를 목에 들이댔다.

"소자의 목을 드리겠습니다. 그러니… 꺾여 주십시오."

"뭐, 뭐라?"

"도리를 저버릴 수 없다는 제자들의 의기를 살펴 주십시오. 반기를 들어서라도 도리를 저버리려는 세가를 바로 세우려는 제자들의 진심을 알아주십시오. 대신, 제 목을 드리겠습니다."

"가, 가주님!"

당황한 일 대 제자들의 경호성에도 불구하고 단리격은 오로지 도군만을 바라보았다.

솔직히 도군, 부친을 이길 수 있을 거란 생각으로 온 길은 아니었다.

도리를 저버리려는 세가를 바로 세워야 한다는 명제를 외면할 수 없었기에 달려온 길이었다.

그러나 부친의 일갈에서 이 일이 실패하면 자신을 따랐던 세가의 제자들이 모두 죽임을 당할 것이라는 것을 다시 깨닫자 새삼 두려움이 몰려왔다.

나약하다고 욕을 해도 좋았고, 결단력이 부족하다고 평가돼도 좋았다.

자신의 목 하나로 세가가 바로 서고, 의기로 일어선 제자들을 살릴 수만 있다면 까짓 자신의 목 따윈 얼마든지 내줄 수 있다고 생각했다.

더구나 상대는 적도, 남도 아닌 자신의 부친이었다.

자신의 이름에 낮은 평가가 따라붙을지는 몰라도 도리를 찾겠다며 부친에게 칼을 들이대는 패륜을 저지르는 잘못은 피해 갈 수 있을 듯도 싶었다.

"아버님!"

자신을 부르는 단리격을 노려보던 도군이 냉막한 음성을 던졌다.

"네 목을 쳐라. 그리하면 생각해 볼 테니."

"태, 태상가주님!"

기함한 일 대 제자들의 경호성에도 불구하고 도군은 그들에게 눈길조차 주지 않았다.

그런 부친을 바라보는 단리격의 입가로 작은 미소가 지어졌다.

"아버님을 믿겠습니다."

그 말을 마친 단리격의 도가 사정없이 자신의 목을 그어갔다.

땅-!

날카로운 소리와 함께 목을 파고들던 단리격의 도가 부러졌다. 치명상은 피했지만 도에 갈린 피륙에선 피가 흘러내렸다.

하지만 단리격은 피가 흐르는 목은 돌볼 생각도 못한 채 자신의 도를 부러트린 돌멩이가 날아온 쪽으로 시선을 돌렸다.

그것은 도군이나 다른 일 대 제자들도 모두 마찬가지.

"하여간 생긴 것만큼이나 멍청한 자식이야."

힐난을 던지며 어둠에서 천천히 걸어 나온 이의 모습에 단리격은 당황한 모습이 역력했다.

"벼, 벽가주님!"

"그렇게 냉큼 목을 잘라 바치면 쟤들은 어쩌라고?"

벽사흔의 핀잔에 단리격은 뒤에 서 있던 일 대 제자들을 바라보았다.

"아버님이… 지켜 줄 것입니다."

"뭘 믿고 그렇게 생각하지?"

"약속하셨으니까요?"

"무슨 약속?"

"제 목을 바치면 도리를 세우려는 제자들의 뜻을 받아들이신다고 약속하셨습니다."

단리격의 말에 벽사흔은 고개를 갸웃거렸다.

"너 그런 약속했냐?"

벽사흔의 물음에 도군은 차가운 음성으로 답했다.

"그런 적 없다."

"무슨……!"

당황하는 단리격에게 벽사흔이 말했다.

"내가 듣기에도 생각해 본다고 했지, 약속한다는 말은 없었는데."

"그, 그게… 그 뜻이 아니었단 말씀이십니까?"

믿기지 않는다는 표정인 단리격의 물음에 도군은 냉막한 표정만 지어 보일 뿐 가타부타 답이 없었다.

그런 도군의 모습에 단리격은 참담한 표정이 되었다.

"독한 아버지에 멍청한 자식 놈이라고 해야 하나, 아니면 비정한 아비와 그를 믿은 어리석은 아들이라고 해야 하나? 넌 뭐가 더 마음에 들어?"

벽사흔의 물음에 도군은 아무 말 없이 도병을 잡았다.

스르르릉―

차고 날카로운 음향과 함께 도군의 애도가 푸른 이빨을 드러냈다.

"도를 뽑았다? 정말 해보자는 건가?"

벽사흔의 물음에 도군은 방금 전까지 단리격이 지었던 눈빛이 되어 외쳤다.

"가주의 목도, 내 목도 우리의 뿌리를 찾을 수만 있다면 아무런 미련 없이 줄 수 있다. 하니 오라. 와서 내 목을 가져가라!"

마치 자신이 죽으면 단리세가의 뿌리를 되찾을 수 있다는 듯이 말하는 도군의 말에 벽사흔이 고개를 갸웃거렸다.

"그게 뭔 소리야? 너랑 저 덜떨어진 녀석이 죽는데 뿌리를 어떻게 찾아?"

벽사흔의 음성이 끝나기 무섭게 허공에서 답이 흘러나왔다.

"찾을 수 있어. 물론 말뿐이겠지만."

벽사흔을 제외한 이들이 난데없는 음성에 놀라는 사이 음성이 흘러나온 허공에서 사람이 하나 떨어져 내렸다.

털썩.

어디를 제압당한 건지 떨어져 내린 사내는 고통에 잔뜩 일그러진 표정을 지었지만 비명 하나 지르지 못했다.

"쯧, 좀 살살 다루라니까."

벽사흔의 핀잔에 사람이 떨어져 내린 허공에서 송찬이 모습을 드러냈다.

"효율적인 움직임을 위해선 어쩔 수가 없었다고."

"그래도 관인이야. 나중에 책잡힌다고."

"괜찮아. 살짝만 찔렀어."

"하여간⋯⋯. 쯧."

못마땅한 표정이 역력한 벽사흔에게 겸연쩍게 웃어 보인 송찬이 미리 던져 놓은 사내 옆으로 내려섰다.

"이름은 주엽. 신국공의 사저를 호위하는 관부 고수야. 출신은 군부지만 그쪽엔 꽤나 악감정이 많은 모양이고."

"그놈 신상엔 관심 없다."

"에구, 그럼 두 번은 괜히 찔렀네. 미안."

송찬의 말에 바닥에 쓰러져 있는 사내는 눈을 허옇게 만들며 흘겨보았지만 그뿐이다.

항의는커녕 눈을 제외한 신체 어느 곳도 움직이지 못한 것이다.

"마혈을 짚었냐?"

"그게… 찌를 때 움직이면 많이 다치니까. 안전 차원이지, 안전."

히죽 웃는 송찬의 답에 벽사흔은 고개를 내저었다.

"안 찌르면 되지?"

"시간 없다면서? 빠르게 처리하자면 이게 최고거든."

하긴 다짜고짜 마혈을 짚어 놓고 그 큰 칼로 여기저기를 찔러 보며 히죽이는 상대는 생각 외로 공포스럽다.

그렇게 적당히 대여섯 군데를 찔러 놓고 물으면, 묻고 찌르는 것보다 훨씬 빠르게 답을 얻어 낼 수 있었다.

"그래서 얻은 답은?"

"벽가의 공격만 유발해 내면 단리세가의 운남 귀환과 옛 장원을 반납해 주기로 했다던데."

"약속한 놈은?"

"그건 죽어라 말하지 않았는데, 놈이 소속된 곳을 보자면 답은 뻔한 거 아니겠어?"

"그럼 신국공?"

"응."

"그놈이 왜?"

"그건 나도 모르지? 왜, 알고 싶어? 원하면 그놈도 찾아가서 몇 군데 찔러 보고."

고개만 끄덕여 주면 곧바로 북경으로 달려갈 듯한 송찬의 말에 벽사흔은 인상을 찌푸리며 고개를 저었다.
"됐어. 그 영감탱이랑 엉키고 싶지 않아."
천하의 벽사흔도 가능하면 엮이고 싶지 않은 사람들이 있었다.
신국공이 바로 그런 이들 중 한 명이었던 것이다.
"그럼 뭐, 아쉽지만······."
입맛을 다시는 송찬은 정말로 아쉬운 듯이 보였다. 그런 송찬에게 벽사흔이 물었다.
"한데 말뿐이라는 건 무슨 소리야?"
"이 녀석, 단리세가도 지우고 싶었던 모양이야."
발로 바닥에 널브러진 사내를 툭툭 건드리는 송찬의 말에 벽사흔이 이채를 띠었다.
"한편인데?"
"한편은 무슨··· 강호 무뢰배라면 한 놈도 이곳에서 살아나가지 못할 것이라고 으름장을 놓던데?"
"그러니까 다 죽일 생각이었다?"
"그런 셈이지."
송찬의 답에 벽사흔이 애도를 들고 엉거주춤 서 있는 도군을 바라보았다.
"알고 있었나?"
"그, 그럴 리 없다!"

"그럼 직접 물어볼래?"

 자신의 말에 얼른 답을 못하고 머뭇거리는 도군의 모습에 벽사흔이 송찬에게 눈짓을 줬다.

 벽사흔의 뜻을 알아차린 송찬이 발로 바닥에 널브러진 사내를 굴려 도군의 앞으로 밀었다.

 데구르르-

 내력을 실어 굴린 까닭인지 사내는 십여 바퀴를 굴러 도군의 앞에 멈췄다.

 그런 사내를 바라보는 도군의 눈빛은 차갑게 가라앉아 있었다.

 형편없는 모습으로 굴러 온 사내는 자신도 잘 알고 있는 사람이었기 때문이다.

 툭툭.

 빠르게 마혈을 풀어 준 도군이 물었다.

 "어찌… 된 거요?"

 "불시에 암습을 받는 바람에……. 놈들의 목을 속히 베시오!"

 마혈이 풀리자마자 벌떡 일어서 송찬과 벽사흔을 죽이라 말하는 사내에게 도군이 물었다.

 "저들의 말이… 사실이오?"

 "무슨 말도 안 되는! 약속은 반드시 지켜질 것이오. 하니어서 저들을 베시오."

무언가 모르게 서두는 기색이 역력한 사내를 직시하던 도군의 손이 그의 오른쪽 어깨에 올려졌다.
"커헉!"
느닷없는 비명성에 사람들의 눈이 사내의 어깨를 반쯤 파고든 도군의 손으로 향했다.
"당신도 알다시피 견정혈이 망가지면 팔은 영원히 쓰지 못하오."
"왜, 왜 이러는 것이오?"
고통과 두려움으로 푸들거리는 사내의 물음에 도군이 천천히 물었다.
"사실을 알고 싶은 거요. 이전처럼 거짓으로 떨리는 눈빛이 아니라 진실을 담은 눈으로 말해 주길 바라겠소."
"나, 난 사실을 말했소! 커헉!"
다시금 비명을 토하는 사내의 어깨는 피범벅이 되었다. 도군의 손가락이 조금 더 깊숙이 파고든 탓이었다.
"당신의 눈은 여전히 거짓으로 흔들리는구려. 내가 어리석어 보이오? 맞소. 난 어리석소. 아니, 세가의 뿌리를 되찾을 수만 있다면 어리석은 게 아니라 바보도 될 수 있소. 하지만 거짓과 진실을 보는 눈마저 뽑아낸 것은 아니라오. 하니 사실대로 말해 주시오."
낮고 깊은 도군의 음성은 암울함을 풍기고 있었다.
상대의 반응으로 그도 이미 사실을 어느 정도 짐작한 까닭이다.

"차라리 죽이시오!"

죽이라 말하는 사내의 눈에서 포기의 감정이 흘러나왔다.

"포기라……. 진실을 이야기하면 되는데 포기라……. 죽음으로 감추어야 하는 일이라니……. 당신들 정말 날, 우리 단리세가를 가지고 놀았던 모양이로군."

말이 뒤로 갈수록 도군의 눈에서 일어나는 살기는 걷잡을 수 없이 커졌다.

"크어어억!"

그에 따라 사내의 비명이 커져 갔다.

견정혈을 통해 유형화된 살기가 사내의 몸속을 휘저은 까닭이다.

풀썩-

눈을 하얗게 까뒤집은 사내가 맥없이 쓰러지자 도군은 천천히 고개를 돌려 벽사흔을 바라보았다.

"관부에 놀아난 정신없는 인사가 되었군."

"내가 보기에도 그런 것 같네."

벽사흔의 답에 도군은 자신의 도를 두 손으로 굳게 잡으며 말을 이었다.

"그렇다 해도 단리의 이름이 벽가의 이름에 눌리는 일은 용납할 수 없다."

"아, 아버님!"

도군의 의중을 알아차린 단리격이 당황성을 토했지만 도군은 그에겐 눈길도 주지 않았다.

"아비가 못나 관부에 휘둘렸다지만 세가의 자존심을 팔아먹은 네놈도 가주의 자격은 없다. 네놈을 가주의 자리에서 떨쳐 낸 것엔 후회가 없다는 말이다. 하니 물러나라."

"그, 그럴 순 없습니다."

벌떡 일어나 도군과 벽사흔의 가운데를 막아서는 단리격의 모습에 피식 웃어 버린 벽사흔이 말했다.

"비켜. 지금 네 아비가 마지막 자존심을 지키겠다는 거잖냐. 그건 그냥 두는 게 맞아."

"하, 하지만……."

당황하는 단리격에게 도군이 버럭 소리를 질렀다.

"관인에게 휘둘린 것도 모자라 스스로 불러들인 적 앞에서까지 망신을 당하게 할 생각인 게냐!"

"저, 적이라니요. 아닙니다. 그는, 벽 가주님은 적이 아닙니다, 아버님."

단리격의 말에 벽사흔이 툭 내뱉었다.

"칼을 겨누면 다 적이야. 도대체 그동안 뭘 가르친 거야?"

자신을 향한 핀잔에 도군이 씁쓸하게 웃었다.

"남에게 이용이나 당하는 놈이 자식인들 제대로 가르쳤겠나?"

"하긴 그렇지. 한데 정말 해볼 생각이야? 안 된다는 건 너도 알잖아?"

 벽사흔의 물음에 도군은 과거 대륙 상회의 총회에서 당했던 기억을 떠올렸다.

 "방심이었다면… 웃기겠지?"

 "아마도."

 "그래도 사람들이 도군이라 부르는 사람이네. 칼을 꺼냈다가 두려워 꼬리를 말았다는 소리는 듣지 말아야 하지 않겠나?"

 여전히 두 손으로 굳게 검병을 쥐고 있는 도군의 말에 벽사흔이 미소를 지었다.

 "뭐, 이해하지. 그럼 삼 초… 양보해 줄까?"

 천하의 도군을 앞에 두고 저리 말할 수 있는 사람은 아무도 없다.

 신인이라 불리는 이황을 제외하면 말이다.

 "하긴 요새 삼황이라 불린다니 자격은 있겠지."

 "쯧, 그럴 땐 '날 우습게 보지 마라.' 그러면서 거절하고 그러는 거 아니냐?"

 "그런 겉멋을 부리기엔 내가 너무 나이를 많이 먹었지."

 "빌어먹을. 좋아, 와 봐."

 "벼, 벽 가주님!"

 벽사흔의 말에 가운데 선 단리격의 당황성이 터져 나왔지만 그 말은 곧바로 들려온 금속성에 그대로 묻혀 버렸다.

차장-

어느새 단리격을 지나친 도군의 칼이 벽사흔에게 쇄도해 들었던 것이다.

벽사흔도 언제 뽑아 들었는지 자신의 도를 들고 이 장쯤 물러선 도군을 보며 피식 웃었다.

"일 초."

쉐에에엑!

마치 그렇게 수를 세길 기다렸다는 듯이 벽사흔이 초 수를 세는 그 촌각의 틈을 도군의 칼이 파고들었다.

추라랑- 챙!

"이 초."

여전히 그 자리에 서서 초 수를 세는 벽사흔을 삼 장이나 밀려나서야 간신히 균형을 잡은 도군이 이를 악물며 바라보았다.

"삼황… 소문만이 아니로군."

"소문만이라고 어떤 놈이 그래?"

벽사흔의 대꾸에 도군의 자세가 변했다.

"역수도?"

벽사흔의 물음에 가타부타 말없이 도군이 단리격에게 손을 내밀었다. 그 뜻을 알아차린 단리격이 경악 어린 표정을 띠었다.

"시, 십자천도(十字穿刀)!"

사조의 영면 이후, 단 한 차례도 세상에 나와 보지 못한 단리세가의 비기다.

그 탓에 단리세가에서도 절전된 것으로 분류하는 무공의 이름이 단리격의 입에서 거론된 것이다.

"도나 다오."

도군의 말에 단리격은 자신이 두 사람의 충돌을 말리고 있었다는 생각도 까맣게 잊은 채 자신의 애도를 부친에게 넘겨주고 황급히 물러났다.

단리격의 도를 건네받은 도군은 역수도를 쥔 오른손과 달리 왼손은 정상적으로 도를 잡았다.

쌍도나 쌍검을 사용하는 이들이 간혹 두 검, 또는 두 도가 서로 방해되지 않게 방향을 달리 잡는 경우가 있다. 물론 이때에도 규칙 같은 것이 있다.

오른손은 정상적, 왼손은 역수로 잡는 것이다. 아무래도 오른손잡이에 맞춰 발전한 도법이나 검법의 무리가 영향을 주기 때문이다.

하지만 지금 도군이 잡은 파지법은 그런 일반적인 방법과는 완전히 괘를 달리 하는 모습이었다.

마치 좌수 도객이 쌍도를 잡은 듯이 말이다. 그러나 도군은 좌수 도객이 아니었다.

"기대되는걸."

피식 웃는 벽사흔에게 도군이 이를 악물며 말했다.

"그 웃음, 지워 주지!"

쉐에에엑-

말이 끝나는 순간 날카로운 파공성과 함께 도군의 신형이 사라졌다.

잠시지만 벽사흔마저 그의 위치를 놓칠 정도로 엄청난 빠르기였다.

파차자자장-

순식간에 대여섯 번의 금속성이 울려 나왔다. 그리고…

퍽-! 데구르르.

짧은 격타음 뒤로 튕겨 나온 도군이 바닥을 굴렀다.

"쿨럭!"

밭은기침과 함께 피를 내뱉는 도군에게 십자로 찢어진 소매를 불만스럽게 털어 낸 벽사흔이 말했다.

"괜찮네. 역수도… 에 숨은 꼼수가 꽤 날카로워. 한 번 정도는 상위의 고수라도 꼼짝없이 당하겠어. 물론 네 내공이 받쳐 준다는 가정하에서겠지만."

"퉤! 내공이 모자라다는 것은 알고 있었어. 그래도 상처 하나 못 내리라곤 생각지 못했는데."

입안에 고인 피를 내뱉으며 일어선 도군은 완벽하게 패했다는 것이 믿기지 않는 표정이었다.

"뭐, 옷은 찢어 놓았으니 완벽하게 피한 건 아니지. 나름 인상적이었어."

벽사흔의 평가에 피식 웃는 도군을 일별한 송찬이 입을 열었다.

"대충 끝난 거면 팽 전주 좀 어떻게 해 주지? 난리도 아닌 모양인데."

"그놈 참… 몇 명이나 잡았대?"

"좋은 갑주 입은 놈들로 둘. 꽤 지위가 높은지 모조리 자기 쫓아오는 중이라는데. 둘이 붙은 후부턴 전음에 살려 달란 소리가 섞이기 시작한 걸 보면 정말 위험한가 봐."

"그럼 가 봐야지. 넌 쟤 좀 어떻게 살려 보고."

벽사흔의 시선을 따라 눈을 허옇게 까뒤집은 채 널브러진 사내를 쳐다본 송찬이 어이없는 표정으로 물었다.

"내가 뭔 수로?"

"웬만한 의원보단 낫다면서?"

"그, 그야……."

자객행을 나서다 보면 경상은 물론이고, 중상을 당한 채 도주할 때도 있다.

그때마다 의원을 찾아 대면 추적대에 '나 여기있소.' 하는 셈이니 대부분의 자객들은 저마다 응급처치술을 익히는 편이다.

그중 몇몇은 응급처치술 이상의 공부를 쌓는 경우가 있는데 송찬의 경우가 그랬다.

오죽하면 한때는 목표를 척살하기 위해 의원으로 위장한

채 두 달을 목표 주위에서 보내며 신의란 소리를 들었을 정도로 그의 의술은 뛰어난 편이었다.
"그러니 살려 놔."
그 말만 덩그러니 남겨 놓고 사라지는 벽사흔의 흔적을 송찬은 못마땅한 표정으로 바라볼 뿐이었다.

제55장
의외의 소득

단리세가가 들어선 합산엔 적지 않은 평야가 존재한다. 광서 제일의 곡창지대라 일컬어지는 평야인데, 어둠이 내린 그곳을 일단의 기마대가 무서운 속도로 가로지르고 있었다.
"잡아! 반드시 잡아야 한다!"
고래고래 소리를 지르며 말을 재촉하는 장수는 광서 향방군 중 제이향군(第二鄕軍)의 직할 기마대의 대장이었다.
그에겐 납치된 제이향군의 지휘부인 도지휘동지와 도지휘첨사를 구원해야 하는 막중한 임무가 맡겨져 있었던 것이다.
그렇게 고함을 지르는 기마대장의 뒤를 중무장한 천여 명의 기마병이 사력을 다해 따르고 있었다.

의외의 소득 • 55

그들뿐이 아니다. 주변에 주둔 중이던 제이향군 소속 병력이 부챗살처럼 퍼져 나가며 납치범을 잡기 위해 포위진을 구성 중이었다.

다행스러운 것은 납치범이 멀리 도주하는 것이 아니라 주변을 빙글빙글 도는 덕에 포위진의 형성이 쉬웠다는 것이다.

그렇게 형성된 관군의 포위진 속을 팽렬은 미친 듯이 뛰어다녔다.

"학학, 미치겠네. 도대체 언제까지 뛰라는 거냐고요!"

제발 살려 달란 전음에 대한 답은 그저 잠시만 더 뛰라는 것이었다. 그것도 일각 전부턴 아예 답조차 없었다.

울화가 치밀어 오른 팽렬이 욕설을 내뱉었다.

"빌어먹을 인사, 오기만 해 봐 아주 그냥……."

"아주 그냥 어쩔 건데?"

"허억!"

우당탕탕.

절대로 그 순간에 들려와선 안 되는 음성에 놀란 팽렬은 경악성과 함께 바닥을 굴렀다. 너무 놀란 나머지 다리가 풀려 버린 까닭이었다.

그 탓에 팽렬이 양쪽에 끼고 달리던 애꿎은 인질 둘도 바닥에 사정없이 내팽개쳐져야만 했다.

"쯔쯔, 애들 잡겠다."

"가, 가주님!"

여전히 놀란 표정의 팽렬이 주춤거리며 일어서자 벽사흔이 바짝 다가서며 물었다.

"자, 왔으니 아주 그냥 어쩔 생각인데?"

"그, 그게… 아주 그냥 사, 사랑해 드리겠습……."

"됐다. 얼굴 저리 치워라."

팽렬의 얼굴을 뒤로 민 벽사흔이 바닥에 널브러진 두 사람을 살폈다.

"높은 놈들이냐?"

"그게… 제일 좋은 갑옷을 입은 놈들입니다. 근데 가주님."

"왜?"

"이렇게 서 있으면 잡힙니다."

애써 떨궈 놓았던 기마대가 저만치 먼지를 날리며 다가오는 것을 힐끗거리는 팽렬의 말에 벽사흔은 시큰둥한 표정이었다.

"그렇게 걱정되면 도망가든가."

"가주님은요?"

"난 괜찮아."

"그러다 잡힌다고요."

"잡힌다고 뭐 어떻게 될 것 같아서?"

"그야……."

지난 황궁에서의 일을 생각해 보면 달리 일이 생길 것 같진 않았다.

그 탓에 망설이는 팽렬에게 벽사흔이 말했다.

"알았으면 튀어."

"정말 혼자 갑니다."

"그래."

"나중에 딴소리 없기에요?"

"쓰읍."

주변에서 돌을 집어 드는 벽사흔의 모습에 팽렬이 황급히 경공을 전개했다.

"가, 갑니다. 가요."

시웅—

거센 바람과 함께 팽렬의 신형이 쏘아진 화살처럼 사라지자 벽사흔은 피식 웃으며 손에 들었던 돌멩이를 내던졌다.

"그나저나 아는 놈들이 아니네. 이러면 곤란한데……."

중얼거리는 벽사흔이 바닥에 널브러진 두 장수를 깨우기 시작했다.

깨어난 장수들의 반응은 벽사흔의 예상을 완전히 뒤집어 놓았다.

"날 안다고?"

"옙, 장군!"

자신을 광서성 도지휘동지라 밝힌 장수는 완전히 얼어 버린 모습이었다.

그 탓에 두 장수가 깨어난 직후 도착한 기마대는 말에서 내려 부동자세로 서 있었다.

"어떻게 알지?"

"치, 칠 년 전에 벌어진 동승 전투 때 좌군 부도독을 호종하였습니다. 그때 뵈었습니다."

"동승 전투 때 좌군 부도독이면… 멍청이 감온?"

"그, 그렇습니다."

현재는 좌군도독인 사람이다.

명나라 최강의 정예군이라 불리는 절강병을 직접 지휘하는 사람이 멍청이일 리 없지만 광서 도지휘동지는 달리 사족을 달 수 없었다.

"그럼 네놈도 멍강병 출신인가?"

멍강병.

동승 전투 당시의 실수를 트집 잡은 벽사흔이 절강병에 붙여 준 별명이었다.

"그, 그렇습니다, 장군."

"네들 요즘도 돌격 명령만 떨어지면 보급대까지 뛰어나가냐?"

"아, 아닙니다."

"확실해?"

"확실합니다!"

당시 달단군의 포위를 돌파하는 과정에서 떨어진 돌격 명령에 절강병 전체가 똘똘 뭉쳐 적진에 대한 돌진을 감행했다.

그 결과, 달단군의 포위는 성공적으로 뚫어 냈지만 보급대까지 무기를 들고 뛴 탓에 아군과 합류할 동안 절강병들은 오 일을 쫄쫄 굶어야 했다.

그 탓에 최종 대회전엔 체력이 떨어졌다는 이유로 절강병은 참여조차 하지 못했었다.

"광서에 있는 놈이 어떻게 알아?"

"그, 그게… 이, 일 년 전까진 좌군도독부에 있었습니다."

"지금도 멍청이가 부도독이고?"

"두 달 전에 도독으로 승차하셨습니다."

"오~ 멍청이 출세했는데. 그럼 전 도독은?"

"퇴역하셨습니다."

"그놈이 몇 살이나 됐다고 벌써 퇴역이야?"

"석 달 전에 화, 환갑을 치르셨습니다만……."

"그놈 나이가 벌써 그렇게 됐나?"

"그… 예……."

아직도 이십 대 청년 같은 외모의 벽사흔이지만 도지휘동지는 그가 환갑을 치르고 퇴역한 전 좌군도독보다 나이가 더 많다는 것을 알고 있는 사람 중 한 명이었다.

"그건 그렇고, 여긴 왜 나와 있어?"

"그게… 언 놈에게 납치를 당해서……."

"이젠 보급품 안 버리고 납치당하는 걸로 멍강병 취미가 바뀐 거냐?"

"아, 아닙니다."

"한데 장군씩이나 된다는 놈이 납치를 당했다고? 네들 칼은 뭣하러 차고 다니냐? 왜, 야영할 때 고기 잘라 먹으려고?"

"그, 그게……."

아무 말도 못하고 여전히 자신의 허리 근처에 매여 있는 검을 만지작거리는 도지휘동지에게 벽사흔이 말했다.

"애들 챙겨서 돌아가라."

"예?"

"귀 뚫어 주랴?"

경험상 여기서 더 물으면 한 방만으로도 혼절을 피할 수 없는 싸대기가 날아온다.

"도, 돌아가겠습니다."

"전개지가 아니라 주둔지로 아예 돌아가는 거다."

벽사흔의 말에 도지휘동지는 놀란 표정이 되었다.

"하, 하지만 군령이……."

"누가 내린 군령?"

자신을 쏘아보는 벽사흔의 시선에 도지휘동지는 황급히

의외의 소득 • 61

고개를 숙였다.

"대, 대도독부에서……."

"요샌 광서 향방군을 이우령이가 지휘하나?"

이우령, 대도독의 이름이다.

실권은 상실했다지만 군부 최고의 직급인 대도독을 마치 어린아이 이름 부르듯 불렀다.

하지만 도지휘동지가 상대하고 있는 사람은 충분히 그럴 만한 능력이 있는 사람이었다. 아니, 아니, 지금은 그런 것이 문제가 아니다.

벽사흔이 지금의 상황을 문제 삼는다면 대도독은 물론이고, 도지휘동지 자신의 목도 한칼에 날아간다. 그것도 직책이 아니라 진짜 목이!

당연히 답은 정해져 있었다.

"아, 아닙니다."

"근데 군령을 언급해?"

"제, 제가 잠시 착각을……."

"착각이 아니라 미친 거겠지. 아니냐?"

"마, 맞습니다. 소, 소장이 잠시 미, 미쳤었나 봅니다, 장군."

"난 미친놈이 좋아. 군댄 원래 피에 미친놈들이 판을 치는 세상이니까. 하지만 정치에 미친놈은 좀 다르지."

다르다. 그것도 확실히!

도지휘동지 자신이 기억하기로도 정치에 선을 연결했다 벽사흔의 칼에 목이 날아간 야전 지휘관들의 수는 셀 수 없이 많았다.
 "시, 시정하겠습니다."
 "시정… 그래, 군대에선 시정하면 봐줘야 돼. 아니면 하루도 칼에 피가 마를 날이 없으니까 말이야. 안 그래?"
 "마, 맞습니다, 장군!"
 새카맣게 죽은 얼굴로 답하는 도지휘동지를 보며 씨익 웃어 보인 벽사흔이 그의 어깨를 토닥였다.
 "그래, 그러니 돌아가는 거다. 어디로?"
 "주, 주둔지입니다."
 "그래, 주둔지로 가는 거야. 어디 안 들르고 곧장! 알았지?"
 "옙! 장군."
 "좋아, 그리 알고 간다."
 그렇게 돌아서던 벽사흔이 무언가 생각난 것처럼 뒤돌아섰다.
 "아! 돌아가거든 이우령이에게 전해. 사사로이 군을 움직이다 또 걸리면……."
 뒷말을 잇지 않고 지그시 자신을 바라보는 벽사흔의 시선에 도지휘동지가 주춤거리며 물었다.
 "뭐, 뭐라 전해야 하올지……?"

눈치를 보며 묻는 도지휘동지에게 벽사흔이 살기 도는 음성으로 답했다.
"뒈진다고."
"조, 존명!"
도지휘동지의 복명을 잠시 바라보던 벽사흔이 마치 허공에서 지워지듯 모습을 감추었다.
그 모습에 놀란 도지휘첨사가 여전히 고개를 숙이고 있는 도지휘동지에게 물었다.
"가, 갔습니다."
자신의 말에 슬쩍 고개를 들며 사위를 살피는 도지휘동지에게 도지휘첨사가 물었다.
"근데 누굽니까?"
"사신."
"사… 신이요?"
"그래, 사신."
"사신이라면… 어림군의 그 악마일 리는 없고……."
말을 하다 말고 도지휘동지의 표정을 바라보던 도지휘첨사가 기겁한 음성으로 물었다.
"설마… 그, 그분입니까?"
"그래."
"우, 우리가 살아 있는 건……."
도지휘첨사의 말에 도지휘동지는 벽사흔이 사라진 허공을

바라보았다.

이번 일은 황명에 의하지 않은 군사 이동이었다. 만약 그가 퇴역하지 않았다면 자신들은 결코 살아남지 못했을 것이다.

"기적이겠지."

"그, 그렇군요."

기가 질린 도지휘첨사는 잘려 나갔을지도 모를 자신의 목을 저도 모르게 쓰다듬고 있었다.

† † †

관군을 해결하고 돌아온 벽사흔을 단리격이 정중히 맞았다.

"감사합니다, 벽 가주님."

"네가 감사할 건 없어. 우리 벽가의 문제이기도 했으니까."

시큰둥하니 답했지만 그 이면에 담긴 마음을 알기에 단리격은 미소를 지우지 못했다.

"그나저나 내부 정리 다 된 거냐?"

"다행히 장로들이 아버님의 명을 기다리던 덕에……."

그뿐이 아니다. 자신들의 제자나 사손들이 되는 이 대, 삼대 제자들을 바라보는 일 대 제자들도 아무런 행동을 취하

의외의 소득 • 65

지 않았다.

  그들로서는 사사로이는 아들이나 조카, 또는 손자들인 그들에게 차마 손을 댈 수 없었던 것이다.

"네 아빈?"

"장로들과 함께 태상가주전에 계십니다."

  도군이 장로들을 데리고 태상가주전으로 들어간 덕에 단리격이 세가의 분란을 정리하는 데 훨씬 수월했다. 태상가주가 단리격의 의견을 따르기로 했다는 것을 그 행동으로 보여 준 까닭이었다.

"네 아비를 좀 봤으면 좋겠다만."

"제가 안내하겠습니다."

  말과 함께 앞서는 단리격을 따라 벽사흔이 발걸음을 옮겼다.

  단리세가의 자존심이라는 태상가주의 거처답게 태상가주전은 꽤나 웅장한 자태를 자랑하고 있었다.

  그곳으로 들어서는 벽사흔을 장로들은 제대로 바라보지 못했다.

  아무리 태상가주의 명을 좇았던 것이라지만 자신들이 벌인 일이 어떤 것인지 잘 알고 있었기 때문이다.

  그런 장로들을 쓰윽 훑어본 벽사흔은 별다른 말없이 도군의 맞은편에 털썩 앉았다.

"관군은……?"

도군의 물음에 벽사흔이 어깨를 으쓱여 보였다.

"돌아간단다."

"어떻게… 한 거지?"

"내가 한 달변 하거든."

"묻지 말라는 소리로군."

"알면 다음으로 넘어가지."

벽사흔의 말에 도군이 조심스러운 표정으로 물었다.

"이제 어찌… 할 생각이지?"

"뭘?"

"대가… 치르라 할 생각일 게 아닌가?"

"그럼 그냥 넘어가길 바랐나?"

"그건… 아니다."

희망하지 않았다면 거짓말이다. 하지만 강호가 그렇게 호락호락한 곳이 아님을 도군은 잘 알고 있었다.

"그럼 내놓을 수 있는 대가를 들어 보지."

팔짱을 끼며 의자 등받이에 몸을 기대는 벽사흔을 바라보며 도군이 천천히 말했다.

"나와 장로들의 목으로 만족해 주면 안 되겠나?"

도군의 말에 잠시 움찔했지만 단리격은 입을 열지 않았다. 아직 당사자 둘 사이에 협상이 마무리되지도 않아서 용서해 달라고 말할 수는 없는 일이었기 때문이다.

"내가 지금까지 살면서 느낀 게 있는데, 가끔 사람들은 자기 목숨 값이 굉장히 높은 것으로 착각을 하더라고. 사실 목 베어다 뭐에 쓰겠어? 그걸 먹을 거야, 아니면 장식품으로 쓸 거야. 사실 사람 목만큼 하등 쓸모가 없는 게 드물거든."
"그, 그럼 뭘 원하는 건가?"
당황한 도군의 물음에 벽사흔은 의미심장하게 웃으며 답했다.
"돈."
"돈?"
"그래, 돈! 금자로 오십만 냥."
자신들의 목숨이 그깟 돈에 밀렸다는 모욕감에 분노를 느꼈어야 하건만 정작 도군과 장로들은 벽사흔이 요구한 금액의 크기에 더 놀라야 했다.
"오, 오십만 냥이라니, 그만한 돈이 우리에게 없다는 건 네가 더 잘 알잖아."
장원을 지으라고 오만 냥을 보내 준 게 벽사흔 자신이니 모를 리 없다.
"그야 알지."
"한데 어찌 내란 소리야?"
"머리를 써야지, 머리를."
"무슨 소리야? 머리를 쓰라니?"
"돈 낼 놈 잡고 있잖아."

"돈 낼 놈… 설마!"

경악하는 도군에게 벽사흔이 씨익 웃어 보였다.

"접객당 별채에 있는 놈. 도주 못하게 잘 잡고 있으라고 했거든."

송찬과 팽렬이 보이지 않는다 싶더니 그곳에 있는 모양이었다.

"하지만 그는 관부와 연결된 인사야. 손을 대면 관부가 그냥 있지 않을 거다."

"그냥 있어야 할걸."

"설마… 관부와 척을 지겠단 소린가?"

"척을 지긴 무슨……. 사사로이 관군을 움직인 놈들이야. 신국공 그 늙탱이가 아니라 그보다 더한 놈도 더 이상 이 일엔 손을 댈 수 없어. 손을 대는 순간 황제의 어검에 목이 날아갈 테니까."

벽사흔의 말에 도군이 이채 섞인 눈빛으로 물었다.

"말하는 걸 보니 관부를 잘 아는 것 같군?"

"잘은 아니지만 조금은 알지."

"어떻게 아느냐고 묻는다면?"

"돈이 적다는 소리로 들리는데."

"묻지 않지."

포기의 감정이 묻어나는 도군의 말에 벽사흔이 작게 웃어 보였다.

"좋은 자세야."
"그럼 잠시 기다려."
"어디 가게?"
"가서 사정 설명을 하고 돈을 낼 건지 물어봐야 하니까."
도군의 답에 벽사흔이 낮게 혀를 찼다.
"쯔쯔, 공범끼리 말이 되겠냐?"
"공범?"
"그럼 동업자라고 할래?"
벽사흔의 퉁명에 도군은 얼굴을 붉게 물들일 수밖에 없었다.
그 말마따나 수 노와 도군은 벽사흔과 벽가의 입장에선 공범이었으니까 말이다.
"그, 그럼 어쩌자는 소리지?"
"앞장서."
벽사흔의 말에 도군이 물었다.
"직접 협상하게?"
"협상은 무슨… 협박이라면 몰라도."
그 말만으로도 결코 호의적이지 않을 것을 드러낸 벽사흔을 도군은 마지못한 표정으로 접객당에 딸린 별채로 안내해야 했다.

† † †

덜컥.

문이 열리며 도군과 가주 위에서 밀려났다는 단리격이 같이 들어섰다.

자신을 충분히 지켜 줄 것이라 믿어 의심치 않았던 호위 무사들이 반 시진 쯤 전에 갑자기 들이닥친 강호인 둘에 의해 피를 토하고 주저앉을 때 이미 무슨 사달이 벌어졌음을 직감하던 수 노였다.

그런 연유로 절대 함께 들어설 수 없는 이들이 같이 모습을 보였음에도 그는 크게 흔들리지 않을 수 있었다.

"어서 오시지요."

제법 태연해 보이는 수 노의 인사에 도군이 겸연쩍은 표정을 지어 보였다.

"들어오다 보니 일이 있었던 듯하오만."

"제 호위 무사들을 보신 듯하군요."

"그렇소. 하나 생명엔 지장이 없을 거요."

"상관없습니다. 해내야 할 일을 하지 못한 이상, 살아 있든 죽었든 값어치를 잃은 이들이니까요."

"해내야 할 일?"

"호위 무사의 본분이 무엇이겠습니까?"

"……."

수 노의 반문에 도군은 아무 말도 하지 않았다.

여하간 그들이 제 소임을 다하지 못하게 된 연유가 바로 벽사흔에게 패배한 자신에게서 비롯되었다는 생각 때문이었다.

"그나저나 손님을 데려오신 듯하군요."

벽사흔을 바라보는 수 노의 물음에 도군이 붉어진 얼굴로 그를 소개를 했다.

"진마벽가의 가주시오."

"소문의 주인을 여기서 뵙는군요."

천천히 일어나 가볍게 고개를 숙여 보이는 수 노를 바라보며 벽사흔이 피식 웃어 보였다.

"연기를 하려면 떨리는 다리부터 어떻게 해 봐."

벽사흔의 말에 사람들의 시선이 수 노의 다리로 향했다.

덜덜덜덜.

수 노의 다리가 사시나무 떨듯 떨리고 있었던 것이다.

자신의 다리를 확인한 그가 당황한 표정으로 서둘러 자리에 앉았다.

"나, 나이가 드니 다, 다리에 히, 힘이 없어서……."

"혀도 나이가 드나? 왜 더듬고 그래."

변명이라고 둘러댄 것이 안 하느니만 못하게 되었다.

하지만 수 노는 태연한 척, 연기를 멈추지 않았다. 한번 휩싸이면 절대로 헤어 나오지 못하는 것이 공포라는 것을 알고 있었기 때문이었다.

"저, 절 찾아오신 용건이 무엇인지 여쭙고 싶군요."

제법 잘 버티는 수 노를 바라보며 다시 한 번 피식 웃어 보인 벽사흔이 물었다.
"네 생각엔 왜 왔을 것 같은데?"
"항의… 하실 생각이시라면……."
"항의? 너, 뭐 잘못한 거 있어? 내가 왜 항의를 해?"
"이번 일에 대해서 말씀하시려면 저보다는 신국……?"
"아아, 신국공이고 너고, 난 항의 따윈 할 생각 없어. 강호란 게 좀 더러운 면이 있어서 말이야. 이유야 어쨌건 여기선 당한 놈이 병신이거든."
"그런데 왜 절 찾아오신 것인지?"
　수 노의 물음에 벽사흔이 히죽 웃었다.
"재미있게도 내가 완전히 당한 게 아니라서 말이야. 아! 넌 재미없으려나?"
"겨, 결국은 항의를 하러……."
"쯔쯔, 귀도 나이를 먹은 거야? 잘 안 들려? 말했잖아. 항의하러 온 거 아니라고."
"그, 그럼 왜……?"
"너 살려 주려고."
"그게 무슨… 말씀이신지?"
"그럼 설마 이런 일에 발을 담가 놓고 살아 나가길 바랐던 거야?"
　마치 놀란 사람처럼 연기를 해 보이는 벽사흔에게 수 노가

의외의 소득 • 73

빠르게 말했다.

"이, 이번 일은 시, 신국공께서 벌인 일로, 저는 그저 심부름만……."

"네가 그렇게 이야기하더란다고 신국공, 그 늙은이에게 말해 줄까? 아마 굉장히 좋아할 거야. 그렇지?"

아무리 강호인이라도 신국공 정도의 고위 관원을 함부로 대할 순 없다.

그것을 이용하고자 한 것이었지만 벽사흔의 말로 자신이 얼마나 큰 실수를 저지른 것인지 깨달은 수 노의 표정은 당황으로 가득 차 버렸다.

"그… 워, 원하는 것이 무, 무엇입니까?"

"그냥 간단하고 깔끔하게 가자."

"어, 어떻게 말입니까?"

불안한 표정으로 묻는 수 노에게 벽사흔이 오른손을 쫙 펴 보였다.

"무, 무슨 뜻입니까?"

"하나, 둘, 셋, 넷, 다섯. 다섯 개로 해 줄게."

"무, 무슨……?"

여전히 자신의 뜻을 몰라 당황에서 벗어나지 못하는 수 노에게 벽사흔이 해맑게 웃으며 답했다.

"십만 냥짜리 전표 다섯 장. 싸지?"

순간 수 노의 표정이 밝아졌다. 금액을 떠나 살 수 있는 길이 열렸기 때문이다.

 문제는 몸에 배인 상인의 기질이 저도 모르게 튀어나왔다는 것이다.

 "은자로……."

 "일단 목을 반쯤 따고 이야기하자."

 벌떡 의자에서 일어서는 벽사흔의 모습에 수 노가 자지러지는 음성을 흘렸다.

 "그, 금자!"

 "확실해?"

 "화, 확실합니다."

 고개까지 맹렬히 끄덕이는 수 노의 모습에 다시 의자에 앉은 벽사흔이 물었다.

 "언제 줄래?"

 "제, 제가 상회에 돌아가서……."

 "시간도 없는데 그냥 따자."

 다시 일어서는 벽사흔에게 수 노가 비명 같은 음성을 토했다.

 "다, 당장 보내라고 전서를 띄우겠습니다."

 "지금?"

 "예, 지금!"

 수 노의 답에 씨익 웃어 보인 벽사흔이 단리격을 돌아보았다.

"애한테 지필묵 좀 가져다주지. 아! 전서구도 한 마리 부탁하고."

"아, 알겠습니다."

마치 협박범의 공범이 된 듯한 기분에 찜찜함을 가지고 돌아서던 단리격에게 벽사흔의 질문이 날아들었다.

"참! 얼마면 되지?"

"예?"

"지필묵 값하고, 전서구 값 말이야?"

"그, 그게……"

"한 오만 냥이면 되나?"

"오, 오만 냥이요?"

"적어? 하긴 요새 전서구 값이 좀 오르긴 했다더라. 그럼 육만 냥?"

"그게 무슨……?"

"알았어. 그럼 칠만?"

여전히 멍한 표정으로 서 있는 단리격을 바라보던 벽사흔이 두 손 들었다는 듯이 말했다.

"알았어. 십만 냥. 야박하긴."

도대체 무슨 말인지 몰라서 어리둥절한 표정인 단리격의 귀로 벽사흔의 음성이 다시 들려왔다.

"십만 냥이란다. 깎아 보려고 했더니 영 안 먹히네. 하긴 당장 목이 따일 형편에 깎는 것도 웃기긴 하다, 그렇지?"

히죽 웃어 가며 묻는 벽사흔의 물음에 수 노의 답은 이미 정해져 있었다.
"그, 그… 렇지요."
"뭐해? 손님 기다리는데 빨리 지필묵이랑 전서구 가져와야지."
 벽사흔의 말에 그제야 상황을 알아차린 단리격이 빨리 움직이기 시작했다.
"아, 알겠습니다."
 황급히 접객당의 별채를 벗어나는 단리격에게 공범이 된 듯한 찜찜함은 더 이상 남아 있지 않았다.

제56장
어려운 결정

와락-

자신이 올린 서신을 구기는 신국공의 모습에 호부상서 방민은 바짝 엎드렸다.

"읽어 보았더냐?"

"소인이 어찌 감히……."

"대륙 상회의 회주가 금자 육십만 냥을 주고 풀려났다는 서신이니라."

"그, 그게 무슨 말씀이시온지?"

"벽가 말이다, 벽가!"

소원소가 설치된 이후 최초의 의뢰 취소였다. 아직 성공하지 못하였으니 취소하겠다는 말에 소원소를 관리하는 신국공의 분노가 폭발했다.

의뢰인은 물론이고, 의뢰 목표에게도.

그 둘을 한 번에 무너트리는 방법은 하나. 바로 벽가 자체의 몰락이었다.

그것을 위해 대륙 상회의 신임 회주인 수 노의 계획에 손을 댔다.

그것이 실패했던 것이다.

"대도독에게선 이 일에 대해 말이 없었더냐?"

"그렇지 않아도 대도독의 서신이……."

조심스럽게 서신을 올리자 신국공이 잔뜩 찌푸려진 표정으로 서신을 펼쳐 들었다.

"흐음……."

몇 줄 읽지 않아서 신음이 흘러나왔다. 그만큼 무거운 내용이 담겼음을 의미했다.

그렇게 잠시 후…

툭―

자신 앞에 내던져진 서신을 놀란 눈으로 바라보는 방민에게 신국공의 음성이 들려왔다.

"읽어 보거라."

신국공의 명에 방민이 조심스럽게 서신을 끌어당겨 읽었다.

"흐음……."

신국공과 꼭 닮은 신음이 방민의 입에서도 흘러나왔다.
"황상과 사신의 연락이 아직도 닿고 있더냐?"
"명확히 알지 못… 하옵니다."
"최근에 황상이 군의 이동에 대해 언급한 일이 있었더냐?"
"어, 없는 것으로 아옵니다."
미적지근한 답에 신국공의 시선이 방민에게 닿았다.
"답이 어찌 그러한 것이냐?"
"요사이 무신들과의 독대가 잦은 탓에… 그 안에서 무슨 대화가 오고 갔는지는 알지 못하옵니다."
방민의 답에 잠시 생각에 잠겼던 신국공이 명했다.
"동창의 양 공공에게 내가 잠시 보잖다고 전하거라."
"그가 내용을 말하겠습니까?"
동창 제독인 양 공공의 정치색은 모호했다.
굳이 줄을 세우자면 황제파라고 해야겠지만 황실의 종친 세력인 번에도 우호적이고, 무장들의 세력인 척에도 협조적이었다.
그렇게 보면 문관들의 세력인 필의 일에도 한 손 거드는 일이 간혹 있으니 이쪽과도 우호적이라 봐야 했다.
하지만 절대로 황제와 신하들 간의 독대 내용을 발설할 사람은 아니다. 그런 까닭에 굳이 형체도 없는 황제파라 불리는 것이었고.
"사신이 연계되어 있다면 단편적인 정보는 내뱉을 것이다."

사신, 군부에서 시작된 별칭이지만 지금은 관부 모두에서 어림대장군을 가리키는 은어로 쓰인다.

사신이 현역에 있을 땐 그가 대표적인 황제파의 거두였다. 당연히 황제파로 분류되는 양 공공도 그와 같은 배를 타야 했지만 이상하게도 양 공공과 사신과의 관계는 원만하지 못했다.

물론 둘이 충돌했다는 건 아니다. 굳이 설명하자면 사신의 밥이 양 공공이었다고 해야 할까?

여하간 둘의 사이는 분명 원만하지 않았었다.

"하오면 곧바로 연락을 넣겠습니다."

"그래, 다음 일은 양 공공의 말을 듣고 결정하지."

"예, 대인."

조심스럽게 물러가는 호부상서 방민도, 그런 그를 물끄러미 바라보는 신국공도 자신들이 적몰시키려던 벽가의 가주가 바로 사신이라는 것은 아예 생각도 못하고 있었다.

† † †

단리세가에서 벽사흔이 귀환한 이후 가장 행복한 이를 들라면 벽가의 사람들은 두말없이 대장로를 꼽을 것이었다.

어디서 났는지 금자 오십만 냥이라는 거금을 선뜻 내놓은 데다, 단리세가에 빌려 줬던 오만 냥도 다시 가져왔기 때문이었다.

 얼마나 기뻤으면 주걱에 묻은 밥알을 모아 식사를 한다던 벽갈평이 저녁 요리로 오리 구이를 내놓으라고 아낙들에게 명했을 정도였다.

 그 덕에 덩달아 신이 난 아낙들이 계림 시내에 나가 오리를 사 왔을 때 후회가 가득한 표정의 벽갈평이 식당에 나타났다.

 "이, 이게 전부 몇 마리야?"

 "오천… 마리입니다."

 "오, 오천 마리!"

 "예, 한 사람당 한 마리씩은 먹어야 하지 않겠나 싶어서……"

 "이, 이것들이 세가를 들어먹을 종자들이로다! 천 마리. 아니, 오백 마리만 구워."

 "그, 그럼 나머지는 어찌……"

 "키워야지. 키워서 새끼 치고 또 새끼 쳐서 오천 마리가 넘으면……"

 "잡아먹는 건가요?"

 "뗵! 팔아서 돈 벌어야지. 어찌 먹고 쓸 생각들만 하는지. 에잉!"

 못마땅한 표정으로 팔을 휘저으며 멀어져 가는 대장로를 바라보던 아낙들이 그를 따라 움직이던 무사 하나를 붙잡고 물었다.

"왜 저러세요?"

"그게… 삼십만 냥을 가주께 빼앗기셨습니다."

"아니, 왜요?"

"투자… 하신다고……."

무사의 말에 아낙들은 두말없이 기를 오리들을 모으기 시작했다.

투자란 으레 손실을 담보하기 나름인 까닭이었다.

유충은 느닷없이 찾아온 벽사흔과 그가 내민 전표를 번갈아 바라보았다.

"무슨… 뜻이온지?"

"이환이 말이, 네가 제법 머리가 돌아간다면서?"

"이환이 누구……?"

"이놈 말이야, 네 밑에 있던."

벽사흔이 자신의 뒤에 서 있는 사내를 가리키자 유충이 미안한 표정을 지어 보였다.

하남 상단의 돈을 타 내 가며 자신이 속였던 자이기도 했고, 또 계림 지부를 되찾으며 벽사흔의 요청으로 두말없이 잘라 냈던 사람이었던 까닭이다.

"아! 이, 이 주사."

"안녕하셨습니까? 소회주… 아니 유 회주님."

이환과 유총이 서로 어색하게 인사를 나누자 벽사흔이 말을 이었다.

"이환이 말이, 네가 요새 추진하려는 일이 꽤 흥미롭다던데. 그것에 대한 투자야."

유총이 요사이 추진하는 일이란 남 대륙 상회가 보유한 부동산을 개발하는 일이었다.

대규모 주거지와 상업 시설, 그리고 위락 단지를 한곳에 건설하는, 당시엔 이름조차 생소한 계획 신도시를 짓는 일이었던 것이다.

유총이 남 대륙 상회를 성공적으로 이끌 수 있다는 자신감의 발로였던 계획이었지만 여전한 자금난으로 시작조차 하지 못한 일이기도 했다.

"금자 삼십… 만 냥 전부를 말씀이십니까?"

"그래."

대규모 상단인 남 대륙 상회의 입장에서도 적지 않은 금액이었다.

이 정도 금액이면 여러 곳은 안 되겠지만 적어도 한두 곳은 충분히 개발이 가능했다. 물론 상단의 유지비 걱정도 한 방에 날려 버릴 수 있었고.

하지만 덥석 돈을 받을 순 없었다.

자금의 출처가 요즘 한창 삼황으로 거론되는 벽가의 가주인 까닭이다.

성공하면 더없이 좋겠지만 실패하는 순간, 지옥행 급행 마차를 타야 한다는 걸 알기 때문이었다.

"아시겠지만 세상의 모든 투자는 실… 패를 담보로 합니다."

"그 정돈 나도 알지."

"제 계획 또한 실패할 수 있습니다."

"물론 그렇겠지."

"그래도 정말 괜찮으시겠습니까?"

조심스런 물음에 벽사흔이 되물었다.

"뭐, 실패할 경우?"

"예."

"투자가 실패했는데 괜찮을 사람이 어디 있겠어. 그래도 네가 최선을 다했는데 실패한 거라면……. 뭐, 할 수 없는 거지."

"정말… 이십니까?"

"그래. 대신 이 투자를 권한 이환인 좀 문제가 생기겠지만."

벽사흔의 말에 이환의 얼굴은 사색이 되었고, 유총의 얼굴은 반대로 밝아졌다.

유총은 자신이 아니라 다른 사람이 희생양이라면 그 투자는 얼마든지 받을 수 있었다.

물론 최선은 다할 것이다. 그 사업에 남 대륙 상회의 존망이 걸려 있는 까닭이다.

　또한 최선을 다하지 않았을 때 돌아올 보복의 공포는 두말할 나위도 없었고.

　"투자… 감사히 받겠습니다."

　전표를 쓸어 가는 유총에게 벽사흔이 웃어 보였다.

　"잘해 보자고, 동업자."

　"잘 부탁드리겠습니다."

　마주 웃는 유총에게 벽사흔이 물었다.

　"첫 번째 개발은 어디야?"

　"합산입니다."

　"합산이면… 단리세가가 있는 그 합산?"

　"예. 그 지리적 중요성에 비해 도시의 크기가 너무 작습니다. 저는 그곳을 키워 볼 생각입니다."

　합산은 확장을 기대하고 대륙 상회가 오랜 기간 다수의 토지를 사들인 지역이었다.

　결과만 놓고 보자면 실패한 투자였지만 결코 실패할 요인들이 없는 지역이기도 했다.

　결국 도시를 키울 나라의 의지가 부족하다는 결론을 내린 유총은 자신이 직접 나서기로 마음을 굳힌 것이었다.

　"단리 놈들 좋아하겠네."

　도시가 커지면 해당 지역을 장악한 무가의 소득도 덩달아 커진다.

보호비를 거둬들일 곳이 늘어나기 때문이다.

그러니 합산 지역에 대한 개발이 성공하게 되면 그곳에 자리를 잡은 단리세가의 소득도 당연히 늘어나게 되는 것이었다.

그렇기에 벽사흔의 말뜻을 알아들은 유총은 어색한 미소를 지을 수밖에 없었다.

한때 동지의 연을 맺었던 단리세가를 유총이 다시 돕는 셈이 되는 까닭이었다.

† † †

단리세가가 진마벽가의 패권을 인정하고 광서에 자리를 잡은 이후, 삼황의 소문은 기정사실화되어 가고 있었다.

더구나 강호십대고수인 도군이 돌아왔음에도 단리세가가 여전히 진마벽가의 패권을 인정하고 있었던 까닭에 다른 일이 없었다면 그것은 조만간 정설로 굳어졌을 것이었다.

하지만 최근 들어 몇 가지 소문이 더해지면서 사람들의 고개가 갸웃거려지기 시작했다.

그리고 그것은 단리세가가 진마벽가에게 고개를 숙이는 순간 삼황의 소문을 사실로 받아들였던 검각도 마찬가지였다.

더구나 검각은 문파의 존망을 건 결정을 강요받는 시점이었기에 더 어수선했다.
 "소문들이 사실일까요?"
 대장로인 초광의 물음에 검각주인 백천이 조심스러운 음성으로 답했다.
 "속단하긴 어려운 소문들입니다. 특히 무당에 대한 소문은 믿기 어렵군요."
 "하지만 무당이 그 소문에 대해 아무 말도 하지 않고 있다는 것이 마음에 걸립니다."
 "대응할 가치가 없다는 뜻일 수도 있지 않나 싶습니다."
 "무당의 그간 행보를 보면 충분히 그럴 수도 있겠지만… 이번 소문의 내용상 가만히 있다는 것도 조금은……."
 초광이 차마 입에 담지 못하는 무당에 관계된 소문의 내용은 꽤나 충격적인 것이었다.

무극검황이 등선했다.

 소문이 사실이라면 마교를 포함한 마도는 춤을 출 일이고, 백도는 당장 내일을 걱정해야 하는 상황이다.
 마교의 멸겁도황을 막을 백도의 방패가 사라진 셈이기 때문이다.
 "만약 소문이 사실이라면… 마교는 가만히 있지 않을 것입니다."

"그들의 호전성이라면 분명 그렇겠습니다만……."

초광이 뒷말을 흐릴 정도로 상황이 너무 불투명했다. 우선 무극검황이 정말로 등선했는지부터가 문제였다.

그리고 또 하나, 삼황이라 소문난 벽가 가주의 실제적인 능력도 변수였다.

그렇게 생각하는 사람이 백천만은 아니었는지 그 의문에서 새로운 소문이 생겨났다.

무극검황의 일신에 문제가 생긴 것을 안 백도 쪽이 먼저 손을 써서 단리세가와 도군으로 하여금 소문들의 중심에 서 있는 벽가의 가주에게 일부러 고개를 숙이도록 만들었다는 것이다.

그 말인즉 단리세가와 도군은 벽사흔에게 패해서 고개를 숙인 것이 아니라 그저 백도의 압박에 의해 그리되었다는 것이다.

결국 벽사흔의 실력은 이황에 못 미친다고 주장하는 것이다.

혹자는 그 소문을 빗대 진마벽가의 가주가 바로 새롭게 십대고수에 오른 무명군이라고 말하고 있었다.

"삼황의 소문을 검존이 확인했다는 이야기는 어찌… 사실 여부는 파악이 된 것이오?"

백천의 물음에 정보를 담당하는 장로가 고개를 저었다.

"소문을 들은 검존이 펄쩍 뛰었다는 말이 돌고 있습니다."

"하면 검존이 확인했다는 소문은 거짓이다?"

"그럴 가능성이 높다는 것이 개방의 해석이었습니다."

개방의 정보라면 신뢰할 수 있었다.

그렇다면 벽가의 가주가 무명군이라는 소문에 더 많은 힘이 실린다.

"다른 소문들에 대해선 개방에서 뭐라 하더이까?"

"그것이… 무극검황의 소문엔 답이 없었고, 무명군에 대해선 벽가의 가주는 분명히 아니라고 했습니다."

"무명군이 아니다? 하면 삼황의 소문엔 뭐라 하더이까?"

머리가 복잡해진 백천의 물음에 정보를 맡은 장로가 겸연쩍은 얼굴로 답했다.

"그 소문에 대해선 오히려 우리 쪽에 묻더군요."

"우리에게 물었다?"

"예, 가까이 있으니 알고 있는 게 있지 않겠냐고……. 이목을 흐리기 위한 거짓 물음은 아닌 듯 보였습니다."

그 말은 삼황의 소문에 대해선 개방조차 정확한 실체를 파악하고 있지 못하다는 것이었다.

"이거야 원, 마교가 뿌린 것도 아니라면 도대체 삼황에 대한 소문은 어디서 나온 것이란 말인가?"

백도가 고의적으로 낸 소문이라면 개방이 모를 수가 없다. 백도 쪽에 퍼진 정보통이 제일 많기 때문이었다.

답답해하는 백천에게 초광이 조심스럽게 말을 건넸다.

"이제 어찌해야 할지 결정을 내려야 합니다."

그의 말에 정청에 모인 검각 수뇌부들의 얼굴에 어둠이 내려앉았다. 그런 이들을 바라보며 초광이 다시 말했다.

"천참비월(天斬飛鉞)을 되찾을 수 있는 유일한 길입니다."

"하나 자칫 한 발 잘못 디디면 멸문으로 가는 길이기도 하지요."

백천의 말에 수뇌들의 얼굴은 더 어두워졌다. 그것이 애가 탔는지 초광이 재빠르게 말을 이었다.

"천참비월이 돌아오면 우린 과거의 영광을 되찾을 수 있습니다."

검각 최고의 절기라 불리던 천참비월이 실전된 이후에도 그 반쪽이라 불리는 독문심법을 아직도 갖고 있기 때문에 할 수 있는 장담이었다.

"하지만 그러기 위해선 이십 년이란 시간이 필요하다는 것도 잊지 말아야 합니다."

"최악의 경우라도 두 가지를 총명한 몇몇 제자에게 맡겨 피신시키고… 복수의 검은 우리가 맞으면 됩니다."

문파의 존망조차 도외시한 초광의 말이었지만 충분히 가능성이 있는 말이기도 했다.

시간이 흐르고 피신시켰던 제자들이 천참비월을 대성하여 돌아온다면 지금보다 드높은 검각의 이름을 다시 세울 수 있을 것이기 때문이다.

그것을 알기에 사람들의 눈빛이 흔들렸다. 그것은 각주인 백천도 다르지 않았다.
"만약 받아들인다면… 우린 마도가 되는 겁니다."
백천의 말을 초광이 비틀었다.
"마도가 아니라 악도가 될 것입니다."
초광의 말에 사람들의 숨이 멎을 듯 낮아졌다.
"결정을 지읍시다."
각주, 백천의 말에 검각 수뇌들의 고개가 천천히 끄덕여졌다.
그날 강호의 역사를 뒤바꿀 검각의 결정이 내려졌다.
그리고 보름 후, 검각의 후기지수들 중에서 고르고 고른 제자 스무 명이 장로 한 명과 함께 조용히 검각을 떠나고 있었다.
그들의 눈에선 하염없는 눈물이 흘러내리고 있었다.

† † †

세상은 소문들의 소용돌이에 휩싸여 어수선했지만 진마벽가는 평온했다.
여전히 무사들은 무공 연성에 매진했고, 벽사흔은 빈둥거렸다. 그런 벽사흔의 주위를 예린이 끊임없이 맴돌았다.
"도대체 어디에 끌린 걸까?"

"미친 거죠. 정상이 아니에요."

팽렬의 답에 송찬이 그를 돌아보았다.

"미쳤다는 건 좀……."

"그럼 제정신으로 가주에게 반했다는 걸 믿으라고요?"

"그건 그렇지만……."

"거봐요. 그러니까 미친 거라니까요? 저 봐요. 머리에 꽃 꽂은 거."

문제는 그렇게 머리에 꽃을 꽂은 예린의 모습이 미치도록 아름답다는 것이었다.

"제기랄!"

"빌어먹을."

송찬과 팽렬의 욕설이 끝나기 무섭게 여기저기서 한숨 소리들이 새어 나왔다.

"에효~"

"아흐."

"가주님만 아니면……."

송찬과 팽렬만이 아니라 여기저기 숨어서 예린의 모습을 훔쳐보던 벽가의 무사들이 내는 한숨 소리가 진마전 담벼락을 따라 잔뜩 흐르고 있었다.

"에효효효효~"

개중에서 특이한 한숨 소리에 움직이던 송찬의 시선이 담벼락에 매달려 바동거리는 벽갈평의 모습에서 멈췄다.

"뭐해?"

갑작스런 음성에 화들짝 놀란 벽갈평이 음성의 주인이 송찬인 것을 확인하고는 안도의 표정을 지어 보였다.

"그냥… 답답해서 말입니다."

"뭐가 답답한데……. 설마 너도?"

"저 꽃 말입니다. 저거 비단으로 만들어진 거랍니다. 동이의 장인이 한 땀, 한 땀 육 개월 동안 만들어 낸 것이라네요. 자그마치 금자 서른 냥짜리라지요. 그 돈이면 무사 일흔 명이 한 달을 나고도 남는 돈입지요. 그걸 겨우 머리에 다는 장식에 쓰다니…… 에효효효효~"

비로소 벽갈평이 내는 안타까운 한숨 소리의 정체를 알아차린 송찬은 그의 무한 금전 사랑에 고개를 내저으며 발길을 돌려야 했다.

"어때요? 이 머리 장식 예쁘죠? 이거 물 건너온 거예요. 동이, 그러니까 조선산이죠. 굉장히 구하기 어려운 거라고요."

잠시 바람을 쏘이자고 진마전 마당에 내려섰던 벽사흔은 주변을 알짱거리다 못해 기어코 달라붙는 예린에게 귀찮은 듯 투덜거렸다.

"어지럽다. 머리 좀 치워라."

"어머, 어지러워요? 내 미모에 취한 거죠, 맞죠?"

"네 몸에서 반짝이는 비수들 수가 머리를 어지럽게 한다는

어려운 결정 • 97

말이다."
 "어머! 그게 보여요?"
 "대충은."
 "아이~ 응큼쟁이… 가슴 가리개 속에 있는 걸 언제……."
 몸을 배배 꼬며 콧소리를 내는 예린의 모습에 벽사흔이 머리를 내저었다.
 "미친… 거기다가도 숨기고 다니는 거야?"
 "어마, 그럼 어디… 속곳 안에 있는 걸 본 거예요?"
 "에이! 말을 말아야지."
 "호호호. 부끄러워하긴… 같이 가요."
 투덜거리며 아예 진마전을 벗어나는 벽사흔을 예린은 짤랑거리며 쫓아갔다.

제57장
추억을 들추는 서신

刀帝

 귀주성은 산세가 험하고 땅이 거칠기로 유명했다. 그 탓에 크게 발전한 도시가 드물다.
 기껏해야 성도인 귀양과 운남을 도모할 때 황실에서 계획적으로 키운 군사 도시인 육반수, 사천과의 접경 교역 도시인 인회, 호광과의 교역을 독점하고 있는 동인 정도가 제법 규모를 갖춘 도시라 할 수 있었다.
 아! 한 곳 더. 옹안이란 도시가 또한 규모가 제법 컸었는데, 이유는 인회와 동인을 성도인 귀양과 연결하는 관도가 바로 이 옹안에서 만나기 때문이었다.
 그리고 보면 광서로 연결되는 관도도 바로 이 옹안으로 연결된다. 다만 귀주와 광서의 특산물이 대부분 겹치는 탓에 교역량이 미비해서 양 지역 간의 교류는 그리 활발한 편은 아니었다.

 태공은 바로 그 옹안을 차지하고 앉은 양의검문(兩儀劍門)의 각주였다.

 양의검문.

 문파의 이름에서 알 수 있듯이 시조는 무당에서 양의검을 사사한 속가제자다.

 전전대 문주 때까지만 해도 그 인연으로 매번 문주의 직계는 무당에서 무공을 수련하는 특혜를 받아 왔다.

 하지만 전대 문주는 무슨 생각인지 자신의 아들을 팔 년 전 무당이 아니라 점창으로 보냈다.

 무당이란 문파의 잠재력, 무림에서의 위치 등을 생각할 때 도저히 이해할 수 없는 처사였지만 양의검문은 강행했고, 점창은 두말없이 수용했으며, 무당은 침묵했다.

 당시엔 그 일로 몇 되지도 않는 귀주 문파들 사이에서 꽤나 말들이 많았다.

 그런 양의검문의 회의장에 태공을 비롯한 문파의 수뇌들이 모두 모여 문주의 설명을 듣고 있었다.

 "이미 소식을 접한 사람도 있겠지만 육반수의 백검문(百劍門)이 사천당가의 휘하로 들어갔다. 귀양의 비섬창가(飛閃槍家)를 접수한 지 이 년 만이다."

 문주의 설명이 끝나자 문파의 대외 무력 집단인 배검각을 맡고 있는 배검각주(排劍閣主)가 입을 열었다.

"인회의 쾌도문(快刀門)을 무릎 꿇린 지 육 년 만에 비섬창가를 도모했던 것에 비하면 속도가 세 배는 빨라진 모양새로군요."

"그런 셈이다. 귀주를 도모하려는 사천당가의 움직임이 한층 빨라진 것도 문제겠지만 백검문이 사천당가의 휘하로 들어가면서 우리와 점창의 소통 경로가 막혔다는 것이 더 골치 아프게 되었다."

"한데 점창은 왜 백검문을 돕지 않은 것입니까?"

"단리세가가 운남을 떠난 후, 독문과의 마찰이 더 심각해진 모양이다."

"그럼 우리도 돕지 못하는 겁니까?"

굳이 입을 열어 말은 하지 않았지만 모두가 아는 것이다. 사천당가가 다음에 노릴 곳이 바로 자신들 양의검문이라는 것을.

"아마도 그럴 것 같다."

문주의 답에 배검각주가 분한 음성으로 외쳤다.

"그럼 왜 소문주를 맡았답니까? 우리가 백도 내부의 알력 싸움엔 개입할 생각이 없는 무당을 버리고 점창을 택한 이유가 무엇인지는 그들이 더 잘 알 터인데 말입니다!"

그랬다. 양의검문이 무당을 버리고 점창을 택한 것은 바로 사천당가의 야욕을 억제하기 위해서였던 것이다.

"그땐 단리세가가 남아 있었기 때문이겠지. 적어도 그들이 독문의 한편을 막아 주고 있었으니까."

문주의 말에 더 이상 푸념을 늘어놓진 않았지만 배검각주는 분기에 씩씩거리는 것을 좀처럼 멈추지 못했다.

"하면… 어찌해야 합니까?"

문파의 경비를 담당하는 위문각주(衛門閣主)의 물음에 문주가 곤혹스런 표정으로 답했다.

"저들이 움직이기 전에 힘을 모아 협상을 해 볼 생각이다."

"협상… 이 되겠습니까?"

"협상에 나설 수밖에 없도록 만들어야지."

"어찌… 말씀이십니까?"

위문각주의 물음에 문주가 겸연쩍은 표정으로 답했다.

"세력을 불려야지. 아는 사람, 도와줄 사람을 모두 불러 세를 불려서 우릴 치려면 이런 이들까지 다 상대해야 하는 거라고 위협을 가해 보는 거다."

그 방법이 먹힐지 아닐지는 장담할 수 없었다. 하지만 그보다 더한 문제는…….

"우릴 도울 이들이 많을까요?"

"해 봐야겠지. 해서 하는 말이지만 나도 노력을 경주할 테니 각주들도 사람들을 끌어모으는 데 노력해 주길 부탁하네."

"바로 말입니까?"

"시간을 끌어서 좋을 게 없을 테니까."

문주의 말에 사람들의 표정이 어두워졌다.

외부를 향한 도움 요청은 항상 조심스럽다.

요청을 받은 이들이 들어줄 것인지도 문제지만 그렇게 달려와 준 이들이 정작 문파에 도움이 될지도 미지수였기 때문이다.

그리고 또 하나, 그들이 나중에 요구할 대가였다.

강호란 세상에서 조건 없이 손을 내미는 곳은 없는 까닭이었다.

그렇게 무거운 분위기 속에서 회의는 끝났다.

그리고 문주를 위시한 각주들 모두가 자신들이 아는 사람들에게 도움을 청하는 서신을 보내기 시작했다.

하지만 그런 이들 속에서 태공은 빈 종이를 깔고 도움을 청할 만한 이를 떠올리려 애를 쓰고 있었다.

열두 살에 부모를 졸라 무관에 들어가면서 강호에 발을 들여 놓은 것이 올해로 딱 삼십 년이 되었다.

그 삼십 년 중 이십오 년을 양의검문에서 보냈다.

태공에겐 강호가 양의검문이었고, 자신의 모든 세상이 또한 양의검문이었다. 자연스럽게 그가 아는 강호인들은 모두가 양의검문 사람들이었다.

물론 다른 문파 사람들과 안면이 있긴 했다. 하지만 지금 같은 상황에서 도움을 청할 만큼의 인연을 쌓은 이들은 아무도 없었다.

그 탓에 태공은 도움을 청하는 서신을 보낼 만한 외부 인사가 아무도 없었다.

다른 각주들이야 자신들의 출신 사문이나 하다못해 잘나가는 자신들의 가문에 낭인을 구할 돈이라도 보내 달라고 청하는 서신을 썼지만, 십 년 전에 부모님이 돌아가신 이후 태공은 그런 부탁을 해 볼 만한 가족조차 남아 있지 않았다.

"허허, 이거야 세상을 헛산 것이 아닌가."

절로 그 말이 입을 비집고 흘러나오는 태공이었다.

그렇다고 서신을 보내지 않을 수도 없었다. 모두가 문파를 위해 노력하는 가운데 자신만 빠질 수도 없는 노릇이었기 때문이다.

결국 태공은 오래고 오랜 기억 속에서 이젠 이름조차 흐릿해져 가는 인연 하나를 끄집어내었다.

내 친우, 우일 친전으로 시작되는 서신이 겸연쩍은 표정인 태공의 손에서 쓰이기 시작했다.

† † †

계림의 봄은 언제나 그렇지만 도처에 만발한 계화들로 아름답고 향기로웠다.

그런 계림의 봄이었지만 진마벽가의 연무장은 무사들이 흘리는 땀 냄새로 언제나 퀴퀴하기만 했다.

"각주님, 서신입니다."

연무장으로 들어서는 장로전 무사의 말에 벽우일이 이마에 흥건한 땀을 닦으며 물었다.

"서신? 내게 말인가?"

"예. 과거 태평무관 자리에 들어선 상점 주인이 각주님의 성함이 아니냐며 보내왔습니다."

무사의 말에 서신을 받아 들자 겉봉투에 우일 친전이라는 글귀가 보였다.

"내게 서신을 보낼 만한 사람들 중에서 내가 벽가로 들어온 걸 모르는 사람은 없는데……."

중얼거리며 서신을 펼친 벽우일은 서신을 보낸 이의 이름을 보며 고개를 갸웃거려야 했다.

"태공……?"

"모르시는 이름입니까?"

"그게… 잘 모르겠는데."

"그럼 잘못 온 건가요? 돌려보낼까요?"

장로전 무사의 물음에 벽우일은 고개를 끄덕이며 서신을 내밀었다.

"그렇게 하게. 아무래도 여기 적힌 우일은 날 뜻하는 게 아닌 모양일세."

추억을 들추는 서신 • 107

"알겠습니다. 하면 돌려보내겠습니다."
"그래, 수고하게."
"예, 각주님도 수고하세요."

가볍게 포권을 취한 장로전 무사는 서신을 챙겨 돌아섰다. 아직도 자신이 건네줘야 할 서신들이 많이 남아 있었기 때문이다.

그렇게 위무각을 빠져나오던 장로전 무사는 황급히 따라온 벽우일의 음성에 발길을 멈춰서야만 했다.

"자, 잠깐만 서게."
"예, 각주님."
"그 서신 주게."
"각주님께 온 서신이 아니라 하셨지 않습니까?"
"그게… 태공이란 사람이 기억났네."

벽우일의 말에 장로전 무사가 좀 전의 서신을 꺼내 주며 말했다.

"오랜만에 온 서신인 모양이죠. 얼른 기억을 못하신 걸 보면 말입니다."
"이십오 년 만이니까 오랜만이긴 하지."
"이십오 년이면……. 어후~ 저 같으면 기억 못할 것 같은데요."

그 말에 벽우일이 미소를 짓자 장로전 무사는 수고하시라는 말을 남기고 멀어져 갔다.

그렇게 멀어져 가는 장로전 무사의 뒷모습에서 시선을 돌린 벽우일이 손에 든 서신을 바라보았다.

"도망치듯 나가 놓곤 무슨 일이냐, 내게 서신을 다 보내고……."

벽우일, 아니 과거엔 우일이라 불리던 그에게 태공이란 이름은 지금은 기억조차 흐릿해진 어린 시절에 담긴 추억의 한 자락이었다.

"난 커서 이 무관의 관주가 될 거야."
"피- 겨우 무관의 관주?"
"그럼 넌 뭐가 될 건데?"
"난 강호에 이름을 떨치는 대협객이 될 거다."
"이야~ 정말?"
"그래. 마두들이 내 이름만 들어도 다리를 후들후들 떨고 오줌을 싸게 만들어 줄 거거든."
"정말 멋있겠는데. 그때 가서 나 모른 척하면 안 된다."
"내가 널 왜 모른 척해. 내 친구라고, 널 건드리면 가만 안 둔다고 말해 줄 거다."
"정말?"
"그럼! 내가 누구냐. 이 태평무관의 소두목 태공 아니냐. 크하하하."

딱-

"아얏! 어떤 놈이… 사, 사부!"

"소두목? 예이, 강아지 부랄 같은 녀석아. 여기가 무슨 동네 뒷골목 흑도인 줄 알아? 소두목이게."

"그, 그게… 그렇다고 소관주라고 할 수는 없잖아요."

딱-

"아코!"

"떽! 관주님 들으시면 경을 칠 소리. 감히 네놈이 어찌 소관주란 직책을 입에 올릴까. 태평십이식의 형이나 제대로 펼칠 생각이나 해, 이 녀석아!"

"흥- 흑도한테도 잘 안 먹히는 태평십이식이 무슨 대수라고."

딱-

"아얏. 왜 자꾸 때려요. 아프단 말이에요!"

"이 녀석이 이젠 이 사부에게도 대드네. 이리와. 오늘 한번 늘씬하게 엉덩이를 두들겨 줄 테니까."

"아악- 사부, 사부. 여자 관도들도 있는 데서 엉덩이를 까면 어떻게 해요!"

"부끄러운 건 아는 놈이 주제는 왜 모르누. 이놈!"

철썩.

"악!"

"소리 좋고."

철썩-

"아악!"

 아직도 흐릿하게 그날 태공이 사부께 엉덩이를 맞으며 지르던 비명 소리가 들리는 듯했다.
 피식-
 저도 모르게 옛 추억의 한 자락을 꺼내 놓으며 웃던 벽우일이 서신을 읽기 시작했다.
 그런 그의 입에서 얼마 지나지 않아 침음이 흐르기 시작했다.
 "흐음……."
 그때였다.
 "무슨 서신인데 오만상을 쓰고 끙끙거리는 거야?"
 "가, 가주님!"
 당황하는 벽우일에게 여전히 헤실거리는 예린을 곁에 단 벽사흔이 물었다.
 "뭔 서신이냐니까?"
 "그, 그게… 벼, 별거 아닙니다."
 황급히 뒤로 감추는 벽우일을 바라보던 벽사흔이 손을 내밀었다.
 "가, 가주님……."
 "줘 봐."
 "그, 그게……."

"왜? 혹시 이게 보낸 거야?"

새끼손가락을 까닥여 보이는 벽사흔의 모습에 단박에 사색이 된 벽우일이 맹렬하게 고개를 저었다.

"어, 어찌 그런 큰일 날 말씀을……."

벽우일의 아내는 벽가는 물론이고, 계림 전체가 다 알만큼 유명한 호랑이 마누라였다.

그걸 알고 농을 건넸던 것이기에 벽사흔은 꽤나 재미있다는 표정이었다.

"그럼 내놔 봐."

자신의 말에 마지못해 벽우일이 서신을 내밀자 벽사흔은 그것을 훑어 읽기 시작했다.

"흠… 이놈이 친군가 보지?"

"그, 그게……."

답하기 애매한 문제였다. 친하냐고 물으면 아니라고 답하는 게 정상인데, 그 물음에 친구란 단어가 쓰인 것이 걸렸다.

우습게도 벽우일의 평생을 통해서 친구란 명칭을 쓸 만한 녀석이라곤 태공 그자뿐이 없었던 까닭이었다.

그런 벽우일의 표정을 오해했던지 벽사흔이 고개를 끄덕였다.

"그런 모양이네. 그럼 언제 갈 거야?"

"예?"

"친한 친구가 위험에 처했다는데 갈 생각일 거 아냐?"

"그, 그야……."

"같이 가 줄까?"

"아, 아닙니다. 무, 무슨 가주님씩이나……."

"왜? 상대가 사천당가라면서. 그놈들 꽤 고약하다고 들었는데 아니야?"

"그건 그렇긴 합니다만……."

"그러니 가 줄게. 집 안에만 갇혀 있었더니 심심하기도 하고. 언제 갈 거냐? 이 서신대로라면 서둘러야 하겠던데."

"그, 그게… 내, 내일……."

"그럼 내일 아침밥 먹고 가자. 나도 그리 알고 준비하마."

"아… 예, 예, 가주님."

그렇게 진마벽가 교무각주인 벽우일의 외유가 결정되어 버렸다.

† † †

다음 날 아침, 식당에 나온 벽우일은 당황한 표정을 감추지 못했다.

벽사흔 옆에 난데없이 도군이 앉아 식사를 하고 있었기 때문이다. 거기다 도군에게 건네는 벽사흔의 말을 듣곤 자칫 기절할 뻔했다.

"너, 사천당가 애들 잘 아냐?"

"당가? 좀 알지. 한데 왜?"

"그럼 같이 가자. 그놈들하고 볼일이 좀 생겼다."

다른 이들이 당가를 상대하러 가자고 했다면 두말없이 고개를 저었을 것이다.

그만큼 당가는 은원에 대해 집착이라고 불러도 좋을 만큼 집요했기 때문이다.

하지만 왠지 벽사흔이라면 그런 당가조차 머리를 감싸고 주저앉아야 할 듯싶었다. 그것이 도군의 고개를 끄덕이게 만들었다.

"어차피 너 보러 온 거. 그러지, 뭐."

그렇게 벽우일의 동행에 십대고수가 얹혔다.

식사가 끝난 후 벽우일은 가주에다 십대고수까지 얹힌 일행과 함께 벽가의 문턱을 넘고 있었다.

"어! 네가 웬일이냐?"

"그냥 무림지회 때 일도 그렇고, 너랑 이야기 좀 나눠 보려고. 한데 저 인사는 여기 왜 있는 거야?"

못마땅한 표정이 역력한 도왕의 물음에 도군이 발끈했다.

"거 내가 여기 있으면 안 된다는 듯이 들리오만."

"그건 아니지만… 그나저나 어디 가냐?"

말을 돌리는 도왕에게 벽사흔이 피식 웃으며 답했다.

"이 친구 알지? 우리 교무각주."

"후, 후배가 도왕 대협을 뵈옵니다."

벽우일의 인사를 받으며 도왕이 물었다.

"전에 네 집에 놀러 왔다 몇 번 본 적은 있지. 근데 이 친구가 왜?"

"이 친구의 친구… 에이, 복잡하게. 여하간 얘 친구가 당가와 마찰이 좀 생겼어. 그래서 좀 도우러 가 볼 생각이야."

"오~ 당가랑. 그 인간들이라면 나도 좀 쌓인 게 있지. 같이 가도 되는 거지?"

"도우러 가는 건데 하나보단 둘이 좋고, 둘보단 셋이 낫겠지."

벽사흔의 그 말로 벽우일의 동행에 십대고수가 한 명 더 얹혔다.

그렇게 멀어져 가는 벽사흔 등을 바라보며 송찬이 걱정스런 음성을 토했다.

"저거… 괜히 당가 때려잡는 거 아니겠지?"

송찬의 말에 팽렬은 자신도 모르게 고개를 끄덕였다.

"저 정도 전력이면… 당가 때려잡고도 남죠."

그 말에 눈을 마주친 송찬과 팽렬은 어색하게 웃었다.

"에이… 설마 아니겠지?"

"그, 그럼요. 설마요……."

하지만 둘 다 자신들의 음성에 자신감이 빠져 있다는 것을 부정할 수는 없었다.

태공은 날마다 들어오는 고수들과 낭인들, 그리고 자금들에 주눅이 들어 가는 자신의 모습을 느껴야만 했다.

 이런 긴박한 순간에도 불구하고 각주들은 자신들의 청에 달려온 고수들과 가문에서 보내 준 자금을 무기로 문파 내에서의 입지를 다지는 데 열을 올리고 있었다.

 문파를 지켜 내는 것에 성공한다면 지금의 입지가 곧바로 서열의 변경을 일으키는 단초가 될 것이 뻔했기 때문이다.

 그런 증강된 전력을 정리하기 위해 열린 회의석상에서 문주가 물었다.

 "이협각주(理俠閣主)는… 아직 도착한 이들이 없는 겐가?"

 조금은 힐난의 음색이 묻어나는 문주의 물음에 태공은 당혹한 표정을 감추지 못했다.

 "소, 송구합니다."

 "허허, 이런 상황에서 아쉬운 소리를 아낀다니… 내가 서운하다면 너무한 겐가?"

 "송구합니다, 문주님."

 "쯔쯔, 다음은 위문각주는 어떤가?"

 문주의 물음에 태공을 비웃음 담긴 시선으로 바라보던 위문각주가 자랑스럽게 답했다.

 "사문인 태산파에서 절정에 이른 동문 넷과 사가에서 일류무사 여덟을 보내왔습니다."

 절정의 고수를 겨우 다섯밖에 보유하지 못했던 양의검문

의 입장에선 천군만마나 다름이 없었다.

그 탓에 여덟의 일류 무사들이 행실이 그다지 좋지 않다고 소문난 낭인들이라는 것은 그냥 묻혀 버렸다.

그렇게 저마다 불러들인 외부 세력을 자랑하는 각주들을 보며 태공은 어느 때보다 위축되고 있었다.

눈치를 봐야 했던 회의가 끝나고 자신의 거처로 돌아가던 태공은 예상외의 소식을 들었다.

"뭐? 누가 와?"

"우일이라고… 각주님의 친구분이시라고……."

위문각의 무사는 말을 다 맺지 못했다. 보고 중간에 태공이 접객당으로 뛰어갔기 때문이었다.

벌컥-

너무 놀라고, 또 기쁜 까닭에 무조건 달려와 접객당 문을 열고 뛰어들었지만 정작 접객당을 가득 메우고 앉아 있는 이들 중 누가 우일인지 알아볼 수가 없었다.

그런 연유로 당황한 채 두리번거리는 태공에게 한 사람이 다가왔다.

"그놈의 사마귀는 여전하구나."

"너……."

"그래. 나다, 우일."

"이놈!"

와락-!

함박웃음을 지으며 끌어안는 태공의 행동에 벽우일은 자신이 오길 잘했다는 생각이 들었다.
자신을 끌어안은 태공의 등을 두드리며 벽우일이 말했다.
"동행이 있다."
"저, 정말이냐?"
서신을 받고 욕이나 안 하면 다행이라고 생각했었는데 직접 달려와 준 데다 다른 이들까지 데려왔다는 말에 감격이 밀려왔다.
"너… 고맙다."
눈물을 보이는 태공의 모습에 벽우일이 안쓰러운 표정을 지었다.
"녀석, 그만한 일에 무슨……. 가자, 인사는 해야지."
"그래, 돕겠다고 달려와 준 분들이신데 감사의 인사는 해야지. 어디에 계시냐?"
눈물을 닦고 애써 웃어 보이는 태공을 이끈 벽우일은 벽사흔 등이 앉아 있던 탁자로 안내했다.
"인사드려라. 요즘 내가 모시고 있는 분이시다."
"난 사흔."
"태공이라 합니다."
누가 봐도 이십 대 초반, 잘 봐줘도 중반인 사내다. 그런 이를 모신다니 잠시 멈칫했지만 여하간 자신을 돕겠다고 달려온 친우의 상전이었다.

그것을 감안했던지 포권을 취해 보이는 태공의 자세는 꽤 정중했다.

"괜찮은 녀석 같은데. 난 덕경. 얘 친구."

벽사흔을 가리키는 도왕의 모습도 겨우 삼십 전후로 보일 뿐이다. 하지만 역시 태공은 정중함을 잃지 않았다.

"도움에 감사드립니다."

"동의하긴 싫지만 틀린 말은 아닌 모양이오. 난 성이란 사람일세."

그나마 중년으로 보이는 도군의 인사에 태공은 미소를 보였다.

"어려운 걸음에 감사드립니다."

벽가의 가주, 도왕, 도군의 이름은 모두 감췄다. 벽우일의 친우를 도우러 가는 거지, 이름 자랑하러 가는 게 아니라는 벽사흔의 고집 때문이었다.

"그나저나 태평무관에서 배웠다며?"

느닷없는 도왕의 물음에 태공이 고개를 끄덕였다.

"그랬습니다."

"한데 검을 차고 있네?"

그제야 태공의 허리로 시선을 준 벽우일도 놀란 표정이다.

태평무관의 무공인 태평십이식은 도법이었다. 당연히 그곳에서 삼 년간 무공을 익혔던 태공도 도객이었다.

"이곳에 정착하며 검을 잡았습니다."

태공의 설명에 도왕의 표정이 가라앉았다.

"그건 별로 마음에 안 드네."

"이번에도 동의할 수밖에 없구려."

도군마저 태공을 못마땅한 시선으로 아래위로 훑어보자 벽사흔이 핀잔을 줬다.

"지랄, 무기를 뭘 선택하든 지 마음이지 뭔 상관들이야."

"그거야 그렇지만… 처음에 도였다니까 그렇지. 자고로 도보다 좋은 무기가 어디에 있다고."

도왕의 투덜거림에 벽사흔이 톡 쏘아붙였다.

"그런 네놈 집안에서 주먹질하는 놈도 나왔어. 그런 놈이 무슨……."

벽사흔의 핀잔에 도왕이 이를 갈아붙였다.

"내 그 쌍놈의 자식을 그냥."

도왕의 체면이 구겨진 게 좋은지 도군이 큭큭댔다.

"크크크. 그놈이 인물은 인물이지."

그런 도군을 향해 도왕이 쌍심지를 돋웠지만 도군은 콧방귀도 뀌지 않았다.

그렇게 알 수 없는 말들로 실랑이를 벌이는 세 사람을 바라보는 태공에게 벽우일이 겸연쩍은 표정을 지어 보였다.

"자주 저러시니 너무 신경 쓰지 마라."

"그, 그래. 한데 정말 고맙다. 이리 달려와 주고."

다시 한 번 감사를 전하는 태공에게 벽우일이 고개를 저었다.

"친구라곤 네 녀석 하나뿐이니 별수 없었다."

벽우일의 말에 태공은 다시 눈물을 비쳤다.

"나 역시… 고맙구나. 잊지 않아 줘서."

"뭐, 완전히 잊지 않았던 건 아니다. 반쯤 희미했었으니까."

벽우일의 말에도 태공은 실망하지 않았다. 그런 친우였음에도 달려와 줬기 때문이다.

"미안… 하다."

태공의 말에 벽우일이 다시 고개를 저었다.

"그거야 너나 나나 같은 처지지. 그나저나 어디서 묵으면 되는 거냐?"

벽우일의 물음에 태공이 접객을 담당하는 무사를 불렀다.

도움을 청한 건 각주들 개인이라 해도 여하간 문파 차원의 행사였기에 접객당에서 신분과 능력에 맞게 거처를 배분해 주고 있었던 까닭이었다.

"부르셨습니까, 이협각주님?"

"그래, 내 손님들이다. 어디로 숙소를 배분해야 하는지 알고 싶구나."

태공의 물음에 접객당의 무사가 작은 책자를 꺼내며 답했다.

"먼저 손님들의 인적 사항을 기록해야 합니다."

"알았다."

답을 하며 벽우일을 바라보자 그가 태공의 뜻을 알아차리고 벽사흔에게 말했다.

"인적 사항을 기록해야 한답니다."

"나도 귀 있다. 물어볼 거 물어봐."

벽사흔의 말에 그를 흘깃 바라본 접객당의 무사는 찌푸려지려는 미간을 애써 펴야만 했다.

아무리 봐도 자신보다도 어려 보이는 자가 반말 일색이었기 때문이다.

그런 무사의 기분을 짐작한 것인지 벽우일이 먼저 나섰다.

"내가 먼저 하지."

"예, 그럼 우선 존함을……?"

"우일일세."

벽가인 것을 감추자면 어쩔 수 없었다.

"소속은……?"

"태평무관, 맞지?"

태공의 말에 잠시 벽사흔을 흘깃 바라본 벽우일이 고개를 끄덕였다.

"그래, 맞아."

그 말에 우일이란 이름 밑에 태평무관이라 적어 넣은 접객당 무사가 물었다.

"송구합니다만, 무공의 경지가 어찌 되시는지……?"

무인에게, 그것도 강호인에게 경지를 묻는 것은 상당한 실례다.

하지만 이처럼 문파 간의 분쟁에 끼어들게 될 경우엔 묻지 않을 수 없다.

전력을 파악하기 위해서이기도 했지만 엉뚱한 이들을 위험한 곳에 배치하는 실수를 저지르지 않기 위해서이기도 했다.

"미안하네."

태공의 사과에 벽우일이 미소를 지으며 고개를 저었다.

"아니야. 이유는 아니까. 상승의 일류일세."

실제로는 절정이다. 보름쯤 전에 드디어 절정의 벽을 넘어섰기 때문이다.

하지만 아직은 공인되지 않았다.

진마벽가 내에서 주기적으로 벌어지는 평가일이 조금 남아 있는 까닭이었다.

그런 상황에서 가주까지 있는 자리에서 절정이라 말할 수는 없었다.

"되셨습니다. 그럼 다음 분은 누가……?"

접객당 무사의 물음에 벽사흔이 먼저 나섰다.

"이름은 사흔, 재랑 같이 살아."

벽우일을 가리키는 벽사흔의 말에 접객당 무사는 사흔이

란 이름 밑에 벽우일과 똑같이 태평무관이라 적어 넣었다.
"그럼 경지는 어찌……?"
접객당 무사의 물음에 벽사흔이 피식 웃으며 답했다.
"쟤한테 맞진 않을걸?"
여전히 벽우일을 가리키는 벽사흔의 말에 접객당 무사는 상승의 일류라고 적어 넣었다.
그리고 옮겨진 시선은 도왕에게 향했다.
"덕경. 같이 살진 않지만 같은 소속이라고 해 두지."
그 말에 덕경이란 이름 밑에 태평무관이라 적혔다. 그리고 다시 물음이 든 시선을 들자 도왕이 말을 이었다.
"글쎄, 경지라……. 이걸 뭐라고 해야 하나?"
갈등하는 도왕에게 접객당 무사가 웃으며 물었다.
"간단히 하시지요. 이분과 비교하자면 어떠신지……?"
벽사흔을 가리키는 접객당 무사의 물음에 도왕이 씁쓸한 입맛을 다셨다.
"뭐, 이 친구한텐 아무래도 딸리지."
"아… 예."
그렇게 답하는 접객당 무사는 일류라고 적어 넣었다.
"그럼 대협께선……?"
자신을 바라보는 접객당 무사에게 도군이 답했다.
"이름은 성, 소속은 같다고 해야 하겠군. 경지는……."
"대협께서도 이분과 비교해 주시면 될 듯합니다."

접객당 무사의 손은 벽사흔이 아니라 도왕을 향하고 있었다.

그 손을 바라보는 도왕은 히죽 웃었고, 도군은 못마땅한 표정이 되었다.

"딸려."

"예? 너무 작아서… 죄송하지만 조금 크게 말씀해 주십시오."

"딸린다고."

"죄송합니다. 제가 잘못 알아들어서……."

"딸려, 딸린다고! 저 인사보다 내가 실력이 딸린다고! 됐냐?"

버럭 소리를 지르는 바람에 접객원에 있던 사람들의 시선이 모조리 도군에게 쏠렸다.

그 모습에 태공이 서둘러 진화를 하고 나섰다.

"미안합니다. 잠시 의사소통에 문제가 있었으니 양해해 주십시오."

사방을 향해 포권을 취해 보인 태공의 덕인지 이내 사람들은 저마다의 대화로 돌아갔다.

여하간 그런 소동 끝에 도군에게 달린 경지는 '이류'였다.

"잠시만 기다려 주십시오. 당주께 숙소를 배정받아 오겠습니다."

접객당 무사의 말에 태공이 말했다.

"서둘러 주게."

"예, 이협각주님."

고개를 조아려 보인 접객당 무사가 잰걸음으로 저만치 앉아서 서류 작업에 여념이 없는 접객당주에게 달려갔다.

"당주님, 여기 이협각주님의 손님들 인적 사항입니다. 숙소를 배정해 주십시오."

수하가 내미는 서류를 살핀 접객당주가 저만치 모여 있는 이협각주와 그 손님들을 바라보며 말했다.

"상승의 일류가 둘, 일류 하나에 이류 하나라. 별채를 내줄 만한 이들은 아니고, 접객당에 딸린 객원의 십이 호실을 배정해 줘라. 아니다. 그래도 이협각주의 손님인데, 구 호실로 하자."

십 단위가 넘어가는 객원의 방은 이 층으로 구성된 침상만 네 개가 덜렁 있었다. 작은 서탁이나 문갑조차 없다.

대부분은 손님을 따라온 하인들에게 내주는 방이었지만 지금은 많은 손님들이 몰린 탓에 실력이 떨어지는 손님들에게 배정되고 있었다.

그에 비해 단자리 숫자를 가진 객원의 방들은 침상과 함께 서탁과 작은 문갑을 구비하고 있었다. 물론 오 호실 이하는 여전히 이 층짜리 침대였지만 말이다.

"알겠습니다."

방을 배정받은 접객당 무사가 다시 돌아오자 태공이 물었다.

"몇 호실인가?"

"구 호실입니다."

접객당 무사의 말에 태공의 표정이 굳었다. 사실 세 개뿐인 별채는 기대하지 않았다.

그곳엔 배검각주의 손님들인 초절정 무인 셋과 위문각주를 돕겠다고 찾아온 절정 무인들 넷이 이미 차지하고 앉은 까닭이었다.

하지만 적어도 오 호실 이상의 객원은 배정되리라 생각했던 것이다. 자신의 얼굴을 봐서라도 말이다.

"그 이상의 방은……?"

태공의 말을 단박에 알아들은 접객당 무사가 난처한 표정으로 답했다.

"이 호실과 사 호실이 남긴 했사온데… 이미 오늘 도착할 예정인 절정급 손님들에게 배정이 되어 있는 탓에…….”

한마디로 실력에서 밀렸다는 뜻이다. 그런 상황에서 더 이상 말을 꺼내 봐야 손님에게 누가 되고 자신의 얼굴에 똥칠만 한다고 생각한 태공이 말했다.

"그럼 손님들을 내 처소로 모시겠네. 그리 알고 있게."

"하, 하오나 내원은 외인에겐 출입이…….”

"내 친우와 그 일행일세. 문주껜 내가 직접 허락을 얻지."

태공의 날카로운 음성에 움찔한 접객당 무사가 물러섰다.

"아, 알겠습니다, 이협각주님."

배경이 없다 해도 감찰이 주 업무인 이협각의 각주였다. 문파의 무사들에겐 저승사자만큼 무서운 사람이었던 것이다.
 접객당 무사가 물러서자 태공이 벽사흔 등에게 공손히 말했다.
 "손님들을 위한 객원의 방들이 모자라서… 누추하지만 제 거처로 모시겠습니다."
 이미 접객당 무사와 태공의 대화로 대강의 사정을 눈치챈 이들이었다. 그렇기에 태공의 말에 두말없이 자리에서 일어섰다.
 "그러지, 뭐."
 일어서는 벽사흔의 모습에 마지못해 일어서며 도왕이 작게 투덜거렸다.
 "굳이 사서 이런 대접이나 받다니. 뭔 생각인지……."
 "불만이면 너 갈래?"
 "아, 아니다."
 벽사흔의 말에 찔끔하는 도왕을 바라보는 도군은 왠지 속이 시원해지는 것 같았다.
 적어도 자신만 벽사흔의 눈치를 보는 게 아니라는 것을 알아차린 까닭이었다.
 그렇게 앞서는 태공을 따라가는 이들을 바라보는 벽우일은 불안감을 감추지 못했다.

저 어마어마한 인사들이 지금 같은 대우를 받는 것이 모두 자신의 탓 같았기 때문이다.

 사천은 중원에서 가장 거친 이들의 땅이라 불린다.
 물론 사천인들이 명함도 내밀지 못한다는 신강의 마교인들이 있었지만 그들은 사람보다는 무슨 마귀처럼 여겨지는 이들이다.
 그걸 감안하자면 사람들 중에선 사천인들이 가장 거친 이들이었다.
 그런 기질 탓인지 사천은 과거부터 수많은 무문들이 난립했다.
 사천에선 주먹질 못하는 이가 없고, 무기 못 다루는 이들은 모자라는 이들로 취급받은 까닭이었다.
 그런 풍토 속에서 확고하게 자리를 잡고 거대 문파로 성장

의외의 만남 • 133

한 곳이 세 곳이다.

청성, 아미, 당가.

둘은 구파일방에 각기 하나씩의 자리를 차고앉을 정도로 강했고, 당가도 중원 오대세가에서 단 한 번도 이름을 내려 본 적이 없다.

세 곳 모두 그만큼 확고한 능력을 보유했다는 의미였다.

특히 당문이라고도 불리는 사천당가는 일수독작이라는 희대의 고수를 배출하며 십대무파에 당당히 이름을 올린 강력한 무력 집단이었다.

"놈들이 대항을 선택할 모양입니다."

정보를 담당하는 장로의 말에 가주의 미간이 잔뜩 찌푸려졌다.

"점창이나 무당은 손을 잡아 줄 상황이 아닐 텐데?"

"맞습니다. 그 두 곳은 아직 아무런 움직임도 보이지 않습니다."

"그런데도 대항을 선택했다?"

"예, 도처에 도움을 청해 무사들을 모으고 있습니다."

"모인 이들 중에 우리가 신경 써야만 할 이들도 있나?"

가주의 물음에 정보를 맡은 장로가 답했다.

"남궁세가에서 청풍대협을 보냈습니다."

"흐음… 남궁 놈들. 놈들의 속내는?"

"표면적으론 가솔의 보호입니다."

"가솔?"

"그게… 현 양의검문주의 아내가 남궁가의 여식입니다."

"그런 보고를 들어 본 적은 없는데?"

불쾌해하는 가주의 음성에 정보를 맡은 장로가 서둘러 답했다.

"달리 거론할 필요도 없을 정도였습니다. 남궁의 성씨를 쓰긴 합니다만 남궁세가에서 나기만 했지, 외부에서 자란 먼 방계였으니까요."

남궁세가처럼 몸집이 커질 대로 커진 세가에선 분타로 분리하는 것도 모자라서 타지에 문파나 표국을 열어 나가는 이들이 존재했다.

물론 그렇게 떨어져 나가도 하등 상관없을 정도로 직계와 멀어진 방계들일 뿐이지만 그런 이들도 남궁의 성을 쓰는 남궁의 가솔이라는 점은 엄연한 사실이다.

"빌어먹을 놈들. 구실은 제대로 잡았군. 그래서 뭘 원하는 거 같아?"

"동인에 위치한 섬열검문(閃熱劍門)을 원한답니다."

"말본새가 어째… 설마 벌써 요구해 온 거야?"

"비공식적입니다만… 예, 청풍대협을 파견하는 이유를 적어 보냈는데 양의검문으로 출가한 남궁의 여식과 섬열검문의 안위를 위해서랍니다."

양의검문주의 아내라는 남궁의 여식을 거론한 것은 뻔히

보이는 수작이라도 충분한 명분이 있었다.

하지만 남궁세가와는 아무런 상관도 없는 섬열검문을 뜬금없이 거론했다는 것이 그들의 속내를 드러내고 있었던 것이다.

장로의 말에 가주가 상석으로 시선을 돌렸다.

"어찌 생각하십니까, 아버님."

가주의 질문을 받은 이는 일수독작이었다.

"섬열검문을 잘라 내도 대계엔 지장이 없는 게냐?"

일수독작의 물음에 정보를 맡은 장로가 서둘러 답했다.

"귀주 장악의 계에서 섬열검문은 동쪽을 틀어막는 중요한 문파입니다. 그곳을 남궁세가에 내어 주게 되면 귀주의 동쪽은 포기해야 합니다, 태상가주님."

장로의 말에 일수독작의 낯빛이 어두워졌다.

"조만간에 무당은 빛을 잃는다. 아니, 어쩌면 소문대로 이미 잃었을 수도 있겠지. 그렇게 되면 호광의 남부는 무인지경이 된다. 그곳으로 나가는 길이 바로 귀주의 동쪽이다. 섬열검문은 포기할 수 있지만 귀주의 동쪽은 포기할 수 없다."

태상가주의 의지를 읽은 가주가 조심스럽게 말했다.

"하오나 남궁은 쉬운 상대가 아닙니다."

"언제 우리가 쉬운 놈들을 상대한 적이 있더냐?"

청성과 아미.

당가와 함께 사천을 나누어 먹는 문파다. 둘 다 어느 곳이

든 이름만 내밀어도 모든 것이 허용되는 강자들이었다.
 그들과 부딪치고 피를 보며 지금의 성세를 이룩한 당가였다.
 아니, 그 둘을 누르고 사천에서 유일하게 십대무파에 이름을 올린 당가였다.
 남궁세가가 같은 십대무파라 해도 당가가 두려워할 이유가 없었다. 그것이 가주의 입에 미소를 그리게 만들었다.
 "알겠습니다. 하면 계획은 어찌……?"
 "그대로 진행한다. 이달이 지나기 전에 양의검문을 정리한다."
 "예, 아버님. 하온데 청풍대협을 죽이면 남궁세가는 물러설 수 없게 될 것입니다."
 "죽일 필요까진 없을 게다."
 "어찌하시려고요?"
 "내가 직접 가 볼 요량이다. 생각이 있는 놈이니 알아서 물러나겠지."
 일수독작의 말에 가주의 입가에 어린 미소가 조금 더 진해지고 있었다.

† † †

 양의검문의 문주는 자신의 집무실로 들어서는 태공을 못

마땅한 표정으로 바라보았다.

그가 왜 자신을 찾아왔는지 이미 짐작하고 있는 까닭이었다.

"문주께 청이 있어 찾아뵈었습니다."

태공의 말에 문주가 퉁명스런 음성을 흘렸다.

"이미 접객당에서 보고는 받았네. 손님들을 자네 숙소에 머물게 하려 한다고?"

"예, 객원의 방이 부족한 듯하여……."

"능력이 겨우 상승의 일류라 들었네만."

'겨우'란 단어를 붙일 만큼 녹록한 경지는 아니다.

굳이 일류 위에 '상승' 자를 붙여 하나의 단계를 더 만든 것은 그만한 가치가 있기 때문이니까 말이다.

하지만 그렇다고 그대로 말할 만큼 태공이 멍청하진 않았다.

"송구합니다."

"쯧. 나조차 외인을 문주전에 들인 마당이니 안 된다 할 순 없겠지. 하지만 서로 부딪치지 않도록 주의하게."

문주의 말이 아니어도 태공이 조심할 일이었다. 상대는 이름만으로도 다리가 후들거리는 청풍대협이다. 초극이란 어마어마한 경지의 절대고수인 것이다.

"예, 명심하겠습니다, 문주님."

"알았으니 돌아가게."

"예, 그럼……."

 문주가 탐탁지 않아 한다는 것을 모르는 것은 아니었지만 그렇다고 이십오 년 만에 보낸 서신 한 통에 달려와 준 친우를 하인들이나 머무는 방에 묵게 할 수는 없었다.

 그렇게 문주전을 나선 태공이 자신의 거처로 돌아오자 어디서 얻어 왔는지 술과 음식을 놓고 저들끼리 낄낄거리고 앉아 있었다.

 한데 그들 중 태공의 친우인 벽우일은 보이지 않았다.

"저기… 우일은 어디 갔습니까?"

 주인이 들어왔음에도 고개도 돌리지 않던 이들 중 가장 젊은이가 고개를 돌렸다.

"술 얻으러 나갔으니 곧 올 거다."

 울컥, 무언가가 치올라 왔지만 간신히 눌러 참았다. 자신보다 낮은 경지라지만 돕겠다고 온 사람이었다. 더구나 친우의 상전이라지 않던가.

 그렇게 애써 화를 누르는 태공의 시선으로 술 두어 병을 안은 벽우일이 들어서는 것이 보였다.

"아, 왔냐?"

"그래."

"잠시만."

 태공에게 웃어 보인 우일이 벽사흔 등이 둘러앉은 곳에 술병을 내려놓았다.

"말씀하신 백주는 없고, 황주입니다."

벽우일의 말에 도왕이 불퉁거렸다.

"황주는 텁텁한데……. 백주는 왜 못 구한 건데?"

"그게… 상전의 명이 있어야 한답니다."

슬쩍 태공의 눈치를 살피는 것이 아마도 홀대를 받은 모양이었다.

그런 친우한테 미안한 태공이 말문을 열었다.

"제가 구해 오겠습니다."

태공의 말에 벽사흔이 손을 저었다.

"됐다. 아무거나 술이면 됐다."

벽사흔에겐 황제에게 진상 될 정도의 극상품이 아닌 이상 술이면 그게 다 그거였다.

하지만 도왕에겐 아닌 모양이었다.

"그래도 황주는 너무 텁텁하다고."

"지랄. 들어가면 오줌 되고 똥 되는 건 다 똑같아."

"어째 표현을 해도 꼭……."

말은 그랬지만 도왕은 더 이상 백주를 입에 담지 않았다. 그 모습이 뭐가 좋은지 도군은 크크거렸다.

"크크크."

그런 자신에게 도왕이 눈을 흘기자 도군이 변명을 했다.

"아! 그냥 날아가는 참새가 웃겨서 말이오. 크하하하."

이젠 대놓고 웃는 도군에게 벽사흔이 말했다.

"미친놈. 하늘이 어디에 보인다고."

그 말에 고개를 드니 보이는 건 천장뿐이다.

"크하하하."

도왕의 웃음소리가 방 안을 울렸다.

그런 이들을 바라보며 미소를 짓고 있는 벽우일에게 태공이 전음을 보냈다.

-뭐하는 자들인가?

-내 상전분과 그 친우분들일세.

-그걸 묻는 게 아니라네. 도대체 뭐하는 사람들이냐는 게지. 설마 자네 태평무관의 관주가 못된 게야?

친우의 물음에 벽우일은 미소를 지어 보였다. 예전의 약속이 떠오른 까닭이다.

그 약속대로 자신은 태평무관의 관주가 되었었다. 물론 지금은 아니지만…….

그렇다고 아쉬운 건 없다. 그때보다 지금이 더 즐겁기 때문이다.

-미안하지만 못 됐다네.

-하면 저자가…….

-맞네, 관주시지.

-내 보기엔 자네 능력이 더 좋아 보이는데.

절정에 들어섰기 때문이다.

같은 경지인 태공이니 그런 벽우일의 능력을 어렴풋이 짐

의외의 만남 • 141

작하는 것이다.

 -나 같은 것이 무슨······.

 벽우일의 전음에 태공은 고개를 갸웃거릴 수밖에 없었다. 자신이 느끼기에 저들은 정말 별 볼 일 없는 기세를 가졌기 때문이었다.

 그럼에도 벽우일이 고개를 숙이는 것이 아마도 태평무관에서의 직급 때문이라 생각했다.

 -자네만 괜찮다면 이곳에 자리를 만들어 볼 수도 있네.

 태공은 벽우일에게서 느껴지는 기감이 절대로 자신의 아래가 아니라 느꼈다.

 그런 능력이라면 양의검문에서 각주의 자리는 충분히 차지할 수 있었다.

 그러면 저렇게 어줍지 않은 작자들의 시중은 들지 않아도 될 것이란 생각이었던 것이다.

 하지만 벽우일은 고개를 저었다.

 -난 지금이 더없이 좋다네. 솔직히 말하면 난 자네를 데려가고 싶은 심정이야.

 벽우일의 말에 태공은 그냥 웃어 보였다. 자신의 친구는 오랜만에 만난 친우에게 약한 모습을 보이고 싶어 하지 않는다고 생각한 것이다.

 -그렇다니 다행이네. 하지만 나도 이곳이 좋다네.

 헛말은 아니다. 위기에 처해서 힘과 세력을 끌어모으는 데

몰두하게 되어서 그렇지, 양의검문의 사람들은 문주도 그렇고 대부분이 괜찮은 이들이었다.

그런 태공에게 벽우일도 미소를 그려 보였다.

그런 둘은 자신들의 전음이 왁자하게 떠들며 술잔을 기울이는 세 절대자들에게 고스란히 들리고 있다는 것을 전혀 상상조차 하지 못했다.

† † †

양의검문에 도착한 지 사흘, 돕겠다고 달려와 준 이들과 양의검문의 무사들이 전부 모여 상견례를 갖는 자리가 마련되었다.

물론 자신들을 알아볼까 걱정한 벽사흔과 도왕, 도군은 숙취를 핑계로 나가지 않았다.

그 탓에 태공은 문주에게 한마디 걱정을 들어야 했다.

"미안하네."

벽우일의 사과에 태공이 고개를 저었다.

"괜찮네. 내가 보기에도 어젠 너무 많이 마셨으니까."

정말이다. 나중엔 술을 얻으러 가기가 미안할 지경이었으니까 말이다.

그렇게 모임에서 돌아온 두 사람에게 도왕이 푸념을 늘어놨다.

"그냥 온 거냐? 해장국이라도 얻어 오지."

모임이 조찬을 겸했기 때문에 방에 남아 있던 세 사람은 아무것도 얻어먹지 못하고 있었던 것이다.

"이런, 제가 미처… 곧 다녀오겠습니다."

송구한 표정인 벽우일의 말에 벽사흔이 고개를 저으며 일어섰다.

"됐다. 아쉬운 놈이 가서 먹는 거지. 일어나."

벽사흔의 행동에 도군이 미적거리며 일어서자 벽우일이 당황한 표정으로 말했다.

"아, 아닙니다. 제가……."

"됐어. 가서 한마디 들었을 텐데. 쉬고 있어. 뭐해? 가자니까!"

아직도 뭉그적거리는 도왕에게 버럭 소리를 지르자 그가 마지못해 일어섰다.

"정말 가기 싫은데."

"왜, 아주 여기다 묻어 주고 갔다 올까?"

"오~ 좋은 생각."

도군의 반색에 도왕이 자리에서 벌떡 일어섰다.

"빌어먹을 인사."

요사이 부쩍 가까워진 덕인지 도왕과 도군은 이전처럼 물과 기름처럼 겉돌진 않았다. 물론 그렇다고 절친한 사이가 된 것도 아니었지만…….

툴툴거리는 도왕을 끌고 뭐가 신 나는지 싱글벙글인 도군을 앞세운 벽사흔이 거처를 나서자 흐릿한 미소를 지은 태공이 말했다.
 "네 말대로 나쁜 사람은 아닌 모양이다."
 "겉은 투박해도 좋은 분이야. 잔정도 깊고. 진짜 사랑도 아는."
 "진짜 사랑?"
 태공의 물음에 벽우일이 조금은 슬픈 미소를 지었다.
 "그래, 진짜 사랑."
 무언가 사연이 있어 보였지만 그래서 태공은 더 묻지 못했다.

 여전히 투덜거리는 도왕과 함께 식당으로 들어선 벽사흔은 일하는 사람들에게 부탁해서 간단한 식사를 얻어 낼 수 있었다.
 역시 사천이라고 칼칼한 국물이 든 해물탕은 어제의 숙취를 날려 보내는 데 큰 도움을 주었다.
 "이거 좋은데."
 도왕도 꽤나 마음에 들었는지 언제 툴툴거렸나 싶게 밝은 표정이었다.
 "그러게. 우일이 보고 이거 만드는 법 좀 알아 놓으라고 해야겠다."

벽사흔의 말에 도왕과 도군도 고개를 끄덕였다.
자신들도 필사해 달라고 할 생각이 들 만큼 마음에 들었던 것이다.
그렇게 기분 좋게 식사를 하던 이들에게 놀란 음성이 들려왔다.
"저기… 설마!"
당황한 음성을 좇던 도왕의 표정이 일그러졌다.
"도……."
"쉿!"
자신의 입 앞에 손가락을 세우는 도왕의 모습에 물을 얻으러 왔던 젊은 청년의 입이 다물렸다.
"조용히 일루 와."
도왕의 부름에 청년이 잰걸음으로 다가왔다.
"그간 강녕하셨습니까?"
도왕을 향해 정중히 포권을 취해 보이는 청년을 가늘게 뜬 눈으로 바라보던 벽사흔이 물었다.
"너, 나 알지?"
"옙, 벼……."
"쉿!"
다시금 이어지는 도왕의 주의에 입을 다문 청년이 벽사흔에게 정중히 포권을 취해 보였다.
"아, 안녕하셨습니까?"

"그래, 안녕은 한데 네가 누구지……?"

고개를 갸웃거리는 벽사흔에게 도왕이 피식 웃으며 말했다.

"전에 화산에 갈 때 배에서 이 친구 조부를 네가 선창으로 처박았지."

"아! 그 무슨 용이라던 놈!"

"예, 후배 남궁민이 대협을 뵙습니다."

다시금 정중히 포권을 취해 보이는 창궁신룡에게 도왕이 말했다.

"인사해라. 단리……."

전음으로 전해진 상대의 신분에 놀란 창궁신룡이 황급히 도군에게 포권을 취했다.

"후배가 아직 보는 눈이 없어서……. 무림 말학 남궁민이 인사 여쭙니다."

"꼬장꼬장한 놈이 손자 하나는 잘 키웠네."

꼬장꼬장한 놈이 자신의 조부인 창천검작을 가리킨다는 것을 알아들은 창궁신룡은 쓴웃음을 지으며 고개를 조아렸다.

"감사합니다, 대협."

그런 창궁신룡을 바라보며 도군이 피식 웃었다.

"그나저나 네가 여기 웬일이냐?"

벽사흔의 물음에 창궁신룡이 답했다.

"숙부님을 모시고 나왔습니다."

"숙부?"

"동도들이 청풍대협이라 불러 주시는 분이십니다."

"아! 작은 꼬장이."

도군의 아는 체에 벽사흔의 시선이 그에게 향했다. 그 시선의 의미를 알아차린 도군이 설명을 이었다.

"이 친구 집안에선 아마 세 번째 실력자일걸. 맞지?"

도군의 물음에 창궁신룡이 미소를 지으며 고개를 숙였다.

"예, 대협."

"한데 왜 여기에?"

"이곳 양의검문의 안주인께서 남궁가의 여식이십니다."

창궁신룡의 말에 도왕이 고개를 갸웃거렸다.

"그런 소문은 들은 적이 없는데?"

"그게… 직계가 아닌 터라……."

얼굴을 붉히며 뒷말을 흐리는 것만으로도 대강의 사정을 눈치챈 도왕이 피식 웃었다.

"방계로구나."

"예."

"한데도 자네나 청풍대협 정도가 나온 걸 보니 딴생각이 있는 모양이고?"

"그런 것까진 후배가 잘 모릅니다. 송구합니다, 대협."

알면 말했을 것이다.

눈앞에 앉아 있는 세 사람에게 어줍지 않은 거짓말은 안 하느니만 못하다는 것을 알기 때문이다.

"하긴 자네가 아직 이런 일의 내면까지 알 위친 아니겠지."

"부끄럽습니다."

"부끄러울 것 없다. 알게 되는 게 더 부끄러운 것이니……."

제법 심오한 말을 던진 도왕이 벽사흔에게 물었다.

"어쩔 생각이야? 들켰는데?"

"뭘 들켜? 얘만 입 다물면 되는 거지."

벽사흔의 말에 도왕이 고개를 저었다.

"그게 되겠어? 이 친군 돌아가자마자 청풍대협에게 '숙부님만 알고 계십시오.' 그러면서 말할 게 뻔하고, 그럼 그 친군 양의검문의 문주에게 '문주만 알고 있으시오.' 이러면서 말할 게 분명하다고. 그렇게 양의검문 전체가 아는 건 시간문제일걸."

도왕의 말에 벽사흔이 피식 웃었다.

"나하고 완전 등을 지자고 결심한 게 아니라면 얘가 입을 열진 않을 거라고 생각하는데. 네 생각은 어때?"

벽사흔의 물음에 당황한 표정이 역력한 창궁신룡이 물었다.

"그, 그게… 수, 숙부님께도 안 되는 겁니까?"

"저 인간이 하는 말은 너도 들었잖아."

도왕을 가리키는 벽사흔의 말에 창궁신룡은 자신의 조부인 창천검작이 했던 말이 떠올랐다.

 '어떠한 일이 있어도 벽가의 가주와는 척을 지지 말거라. 내가 본 그자는 직선이다. 합하면 함께 크고, 틀어지면 상대를 부러트려야 직성이 풀리는 사람이다. 하니, 세가를 배신하는 일이 아니라면 결코 그와 척을 져선 안 될 것이다. 명심하거라.'

 조부의 말을 떠나서, 자신의 느낌도 그랬다. 비위가 틀렸다고 강호십대고수를 일수에 선창으로 처박고, 화가 난다고 십대고수 셋을 단신으로 두들겨 팬 사람이다.
 강호의 도리니 배려니 하는 말에 가치를 두는 상대가 아니란 의미였다.
 "하, 하면 언제까지 입을 다물어야 하올지……?"
 "뭐, 일이 터지면 자연히 드러나겠지."
 당가와 부딪치게 될 때를 말하는 것이다.
 "하오면 그땐 말씀드려도 되는 것입니까?"
 "네가 말 안 해도 그땐 드러날 일이니 마음대로 해도 되겠지."
 벽사흔의 말에 창궁신룡이 포권을 취해 보였다.
 "대협의 명에 따르겠습니다."

"그럼 가 봐."

"예, 대협. 그럼 후배는 이만······."

벽사흔은 물론이고 도왕과 도군에게까지 정중히 포권을 취해 보인 창궁신룡이 떠나갔다.

"그때도 느꼈지만 꽤 똘똘한 놈이야."

벽사흔의 평가에 도왕과 도군이 고개를 끄덕였다.

하지만 그들은 몰랐다.

너무 놀란 나머지 창궁신룡이 찻물을 가지러 왔다가 깜박 잊고 그냥 갔다는 사실을 말이다.

제59장
충분히 거절할 일

내원의 가장 심처에 위치한 문주전엔 문주의 집무실과 별도의 숙사가 갖춰져 있었다.

원래는 문주가 가문의 일을 늦게 끝내면 간혹 잠을 청하는 곳이지만 지금은 남궁세가의 손님이 머무는 별원의 역할을 해내고 있었다.

그곳으로 창궁신룡이 들어서자 청수한 인상의 중년인이 물었다.

"찻물을 가지러 간다더니 어찌 빈손이더냐?"

"아! 소, 송구합니다."

당황하는 창궁신룡을 지그시 바라보며 중년인, 청풍대협이 물었다.

"어디, 어여쁜 소저라도 본 게야?"

"아, 아닙니다, 숙부님."

당황하는 조카의 모습이 재미있던지 청풍대협이 호탕하게 웃었다.

"하하하하. 녀석 놀라긴."

"소질이 다시 다녀오겠습니다."

다시 나서려는 창궁신룡을 청풍대협이 잡았다.

"되었다. 조금 있으면 문주가 찾아올 터, 그때 찻물이 들어오겠지. 잠시 기다리자꾸나."

애초에 문주전에 딸린 하녀나 하인을 시켰으면 될 일이었다.

하지만 그런 사소한 일까지 다른 이를 시키고 싶지 않다는 조카의 마음이 어여뻐서 두었던 일이다.

하지만 이유야 무엇이든, 깜박 잊고 돌아온 조카를 그만한 일로 다시 걸음 시킬 생각은 없었다.

"송구합니다, 숙부님."

"되었다. 앉거라."

"예."

자신의 말에 창궁신룡이 자리에 앉자 청풍대협이 물었다.

"네가 교분을 틀 만한 인사가 있더냐?"

교분이라는 말이 언감생심으로 느껴질 만큼 대단한 이들 셋이 떠올랐지만 창궁신룡은 서둘러 그들의 모습을 머리에서 지웠다.

"태산파의 선배님들과 인사를 나누었습니다."

"태산파라… 지금은 성세가 많이 줄었다만 한땐 구파일방에 이름을 올렸던 적이 있을 만큼 강력한 문파지. 다만 문파의 성향이 편향되어 있다는 것이 마음에 걸리는구나. 사람과 교분을 쌓는 것에 구분은 없다 하지만 깊게 사귀지 말아야 하는 이들은 있는 법이다. 이 숙부가 보기에 태산파의 사람들이 그렇지 싶구나."

무림명에 대협이란 이름이 들어갈 정도로 마음의 크기가 넓은 사람이다.

그런 숙부가 저리 말할 정도라면 태산파의 편협함이 도를 넘는다는 의미였다.

"소질, 숙부님의 가르침을 명심하겠습니다."

"네가 귀담아들어 준다니 내가 고맙구나. 그나저나 그들 말고는 사람이 없더냐?"

"사람이야 많았습니다만… 제가 마음을 열 만한 이들은 만나지 못하였습니다."

이것은 사실이었다. 방금 전에 만난 세 거인들도 자신이 마음을 열기엔 너무 높고, 높은 곳에 자리한 이들이었기 때문이었다.

"허허, 이 많은 이들 중에 네가 마음을 열 만한 이를 찾지 못하였단 말이더냐?"

"예, 소질의 눈이 아직은 어두운 터라……."

상대의 부족함이 문제가 아니라 자신의 눈이 어두움을 탓한다.

아직은 삿된 마음이 없음을 알았기 때문인지 청풍대협은 푸근한 미소를 감추지 못했다.

"네가 모자란 것이 아니라 네 나이가 모자란 것이다. 사람은 나이를 먹어 가면서 더 많은 것을 보기 나름이니… 하니 걱정하지 말거라."

"더 노력하겠습니다, 숙부님."

"오냐, 그런 마음이면 되었다. 가만 있자… 내 보기에 이협 각주라던 이의 사람됨이 괜찮아 보이더라만."

어느 곳, 어느 자리에서도 좋은 사람을 구별해 내는 재주로 유명한 청풍대협이었다.

그리고 그가 구별해 낸 사람이 실망을 시킨 적은 아직 한 번도 없었다.

"왜 그리 보셨는지 여쭈어도 되겠습니까?"

궁금한 표정이 역력한 조카의 물음에 청풍대협이 웃으며 답했다.

"문주의 힐난에도 표정의 변화가 없었다."

"하나 표정은 꾸밀 수도 있는 게 아닙니까?"

"그렇지. 그렇기에 표정만으로 사람의 품성을 판단하는 건 어려운 법이고. 하나 그는 거짓으로 만들어 낸 표정이 아니었다."

"어찌… 그리 생각하신 것인지……?"

"대부분의 사람은 자신의 마음을 숨길 때 웃거나 무표정해지는 법이니라. 한데 그는 미안한 표정을 짓더구나."

"자신의 손님이 문주가 주최하는 자리에 나오지 않았으니 미안해하는 것이 당연한 게 아닙니까?"

"그렇지. 하나 그 많은 사람들 앞에서 공개적으로 핀잔을 들었느니라. 그것도 같은 문파의 사람만이 아니라 타 파의 사람들이 잔뜩 자리한 곳에서 말이다. 어지간한 사람이라면 미안함보다는 야속함이 먼저 들 게다. 그리고 그것이 일반적인 사람들의 자연스런 반응일 테고."

"생각해 보니 그렇군요."

"세상이 그런 것이란다. 하나 그럼에도 그가 미안함을 느꼈다면 그건 그의 마음이 대협의 풍모를 지녔기 때문일 것이다. 이 숙부가 그간 강호행을 하며 겪은 바로는 그런 사람들은 교분을 쌓아도 좋을 상대이니라."

청풍대협의 말에 미소를 지은 창궁신룡이 물었다.

"하면 이따 제가 찾아가 보겠습니다."

"그래, 그때 같이 가 보자꾸나. 그런 사람들과의 인연은 이 숙부에게도 기쁜 일이니 말이다."

"예. 소질이 모시겠습니다."

"오냐."

선선히 웃은 청풍대협을 바라보며 창궁신룡도 편안한 미소를 머금었다.
그런 그들의 귀로 양의검문 문주의 음성이 들렸다.
"청풍대협, 잠시 안으로 들겠습니다."
문주전의 주인인 문주가 객에게 허락을 구하는 웃긴 모양새였지만 그것이 예법에 맞았다.
"들어오시지요."
청풍대협의 허락에 문이 열리고 곧바로 양의검문의 문주가 들어섰다.
한데 그의 표정이 평소와 달리 잔뜩 굳어 있었다.
"무슨 일이라도 있으십니까? 표정이 좋지 않으십니다."
"그것이… 큰일이 났습니다."
"무슨 일이십니까?"
"여기… 당가에서 보내온 서신입니다."
문주가 내미는 서신을 받아 펼쳐 든 청풍대협의 표정이 이내 굳어졌다.
"흐음… 이 말을 믿으십니까?"
"대협의 생각은 어떠십니까?"
오히려 되묻는 문주를 잠시 바라보던 청풍대협이 고개를 저었다.
"솔직히 저는 그대로 믿기가 어렵습니다. 이만한 일에 일수독작이 직접 나선다는 것은……."

청풍대협의 말에 배석해 있던 창궁신룡의 표정이 굳었다. 조부를 따라 화산에서 보았던 일수독작의 무시무시한 신위가 기억났기 때문이었다.

그런 창궁신룡의 귀로 불안한 문주의 음성이 들려왔다.

"하나 당가씩이나 되어서 거짓 서신을 보낼 리도 없지 않겠습니까?"

"그도 그렇긴 합니다만……."

잠시 생각을 정리하던 청풍대협이 물었다.

"만약 이 서신의 내용이 사실이라면 문주께선 어찌하실 것입니까? 포기… 하실 생각이십니까?"

청풍대협의 물음에 이번엔 문주가 고심에 빠졌다. 솔직히 정말 일수독작이 나선다면 대항은 무의미했다.

그의 독공이면 이곳에 모인 이들은 일각이 지나기도 전에 모두 중독될 것이 뻔하기 때문이다.

하지만 그렇다고 모든 기반을 맥없이 들어 바칠 수도 없는 노릇이다.

그러지 않기 위해 지금처럼 사람들을 모았던 것이니까 말이다.

물론 계란으로 바위 치기란 것은 안다. 하지만 청풍대협이 떠나지 않고 손을 거든다면…….

"대협께선 어찌하실 생각이십니까?"

문주의 물음에 창궁신룡의 시선이 청풍대협에게 향했다.

그가 알기로 세가를 떠나기 전 가주는 일수독작이 나서면 두말 말고 물러나라는 명을 숙부에게 내려놓았기 때문이었다.

"문주께서 대항을 하실 생각이시라면… 저는 곁을 지킬 것입니다."

"숙부님!"

놀란 창궁신룡의 음성에 청풍대협이 미소를 지은 채 그를 바라보며 말했다.

"다만 그것은 남궁세가의 뜻이 아니라 제 개인의 뜻입니다. 문주께선 이 점을 감안하셔야 하실 겝니다."

강호에서 문파의 뜻과 개인의 뜻은 하늘과 땅만큼 많은 차이를 가진다.

하지만 청풍대협 정도의 무게를 가진 이라면 개인의 뜻에 문파의 뜻이 끌려들어 오기도 한다.

"청풍대협의 대의에 양의검문의 모든 제자들을 대신해 깊은 감사를 드립니다."

벌떡 일어선 문주가 정중히 포권을 취해 보였다.

그런 문주에게 청풍대협도 자리에서 일어나 마주 포권을 해 보였다.

"과분한 말씀이십니다."

그렇게 청풍대협은 세가의 뜻과 달리 양의검문의 편에 섰다.

마치 청풍대협이 말을 바꿀 것을 걱정이라도 하듯 문주가 감사를 전한 후, 황급히 나가자 창궁신룡이 걱정스런 얼굴로 물었다.

"어찌하시려고요, 숙부님."

"사람은 때론 이익보다 대의를 따라야 할 때가 있단다. 이 숙부는 지금이 그때라 생각하였을 뿐이란다."

"하오나 아버님께선……."

창궁신룡의 아버지……. 바로 남궁세가의 가주를 말하고 있었다.

"형님의 명은 이미 알고 있다. 하나 우리가 떠나면 이들은 당가의 위협에 굴복하거나 피를 뿌릴 수밖에 없을 것이다. 그것은 불의니라. 불의를 눈앞에 두고 떠나는 것은 협의가 아니니라."

도사 또는 승려나 할 법한 말이었지만 대협이란 무림명을 가진 이의 입에서 나온 까닭인지 왠지 모르게 고개를 끄덕이게 만드는 힘이 있었다.

"소질이 숙부님의 가르침을 따릅니다."

창궁신룡의 말에 희미하게 웃은 청풍대협이 말을 이었다.

"내가 남기로 한 것은 또 다른 이유가 있기 때문이니라."

"그것이… 무엇입니까?"

창궁신룡의 물음에 청풍대협은 조금은 부끄러운 표정으로 말했다.

"우린 남궁의 여식을 지키러 왔노라고 말했다. 한데 일수독작이 나섰다고 물러나면 남궁의 이름은 일수독작의 아래로 떨어진다. 난 그것을 두고 볼 수 없었다."

대의를 들먹였지만 남궁의 이름을 지키기 위해서란 이유가 부록처럼 따라붙었음을 부끄러워하는 것이다.

그런 청풍대협의 말에 창궁신룡이 미소를 지었다.

"그것만으로 남으실 숙부님이 아니란 것은 저뿐이 아니라 강호 동도 모두가 알고 있을 것입니다. 마음에 두지 마십시오."

제법 의젓이 말하는 조카를 청풍대협은 대견한 눈으로 바라보았다.

†　†　†

당가가 최후통첩을 보내왔다는 소식이 양의검문 전체에 공표되었다.

더불어 오 일 후까지 굴복하지 않으면 일수독작이 직접 당가의 정예를 이끌고 양의검문을 방문하겠다는 서신을 보내왔다는 것도 공개되었다.

그날 갖은 핑계를 대며 모여 있던 이들 중 절반가량이 양의검문을 떠났다.

하지만 다행스럽게도 남궁세가에서 온 청풍대협과 태산파

의 고수들은 자리를 지키고 있었다.

 그것이 용기를 북돋은 것인지 더 이상의 이탈은 일어나지 않았다.

 하지만 그만큼 팽팽한 긴장감이 양의검문 전체를 강하게 짓누르고 있었다.

 그것은 양의검문에 모여 있는 무사들의 신경을 바짝 곤두세웠다.

 와장창-

 "이 자식이 죽고 싶은가? 어디서 앞을 가로막아!"

 아는 사람을 만날까 싶어 서둘러 움직인다는 것이 막 점심 배식을 받아 돌아서던 사내의 앞을 막았던 모양이다.

 그 탓에 돌아서던 사내의 배식판이 도왕의 팔에 부딪쳐 바닥으로 떨어졌다.

 당연히 배식판에 담겨져 있던 음식은 식당 바닥에 어지러이 흩어졌다.

 "미안하네."

 욕설을 들었지만 자신의 실수다. 그런 상황에서 화를 내는 게 더 망신이라는 걸 아는 도왕은 서둘러 사과를 했다.

 하지만 상대는 그 사과를 받을 마음이 없는 모양이었다.

 "그게 끝이야!"

 "그럼 뭘 어쩌란 말인가?"

 "저거 치우고 내 식사를 받아 와!"

이쯤 되면 도왕이 아니라도 화가 나는 법이다. 막 폭발하기 직전, 뒤에 서 있던 벽사흔이 식판을 들고 흩어진 반찬을 치우기 시작했다.

"뭐, 뭐해?"

도왕의 물음에 벽사흔이 심드렁하니 답했다.

"실수한 놈이 잘못이야."

틀린 말은 아니다.

하지만 강호에선 힘이 있는 놈이 장땡이다. 그 기준으로 놓고 보면 지금 도왕에게 눈을 부라리고 서 있는 자는 죽어도 할 말이 없었다.

그걸 벽사흔이 모를 리 없다. 그럼에도 실수를 시인한다는 거, 그게 옳기 때문이리라.

"에이, 제기랄!"

결국 도왕이 벽사흔의 곁에 쭈그리고 앉아 흩어진 반찬들을 주웠다.

"뭐야, 안 도와?"

도왕이 눈을 부라리자 도군이 어깨를 으쓱여 보였다.

"내가 실수한 거 아니오만."

얄미웠지만 틀린 말은 아니다.

결국 인상을 찌푸리며 고개를 돌리는 도왕의 귀로 벽사흔의 음성이 들려왔다.

"이거 주워서 저 자식 줄 거야."

벽사흔의 심사가 틀어진 것이다. 결국 도군도 곁에 앉아 흩어진 반찬을 주워 모아야 했다.

그렇게 배식판에 모은 반찬을 들고 줄을 서자 바로 뒤에 서 있던 무사가 말했다.

"잘 참았소. 저자와 엮여서 좋은 꼴 보긴 힘들었을 거요. 당한 사람들이 한둘이 아니오."

무사의 말에 도왕이 물었다.

"아는 사람이오?"

"벽하삼웅(碧霞三雄)이라 불리는 태산파의 고수 중 한 명이라는데 왜 일반 무사들처럼 식당에 와서 저러는지……. 하여간 절정의 고수라니 괜히 시비 붙지 마시오."

걱정스레 말하는 무사의 옷을 보니 남궁세가의 표식이 보였다.

"남궁세가의 무사시오?"

도왕의 물음에 무사는 자신의 가슴에 한편에 새겨진 청색 구름 문양을 내려다보며 자랑스럽게 웃었다.

"맞소."

"남궁세가의 무사면 꺼려 할 게 없지 않소?"

함께 온 이가 청풍대협이기 때문이다. 하지만 무사는 한 치의 주저도 없이 고개를 저었다.

"그만한 일로 나서실 장로님이 아니시오. 그리고 괜히 말해 봐야, 행실을 어찌하고 다니기에 그런 일이 벌어지냐고

야단이나 맞을 게요."

"그럼 남궁세가의 무사들도 피하는 거요?"

"똥이 무서워서 피하는 건 아니지 않소."

말과 함께 웃는 무사의 모습에 도왕도 피식 웃었다.

"하긴 그렇지."

"아! 당신 차례요."

무사의 말에 돌아서니 어느새 도왕의 앞이 비었다. 떨어졌던 반찬이 담긴 배식판을 보며 음식을 나눠 주던 하녀가 손을 내밀었다.

"주시어요, 무사님."

그녀도 좀 전에 벌어졌던 일을 봤던 것이다.

"여기 있소."

도왕이 배식판을 내밀자 그걸 치운 하녀가 정갈하게 음식이 담긴 배식판 두 개를 내밀었다.

"하나는 저 무사님 가져다주셔야죠?"

하녀의 말에 도왕이 고개를 끄덕였다.

"그래야 할 모양이오."

"조심하세요. 성질이 사나우시니까요."

하녀의 걱정에 미소를 보인 도왕이 배식판을 들고 거드름을 피고 앉아 있는 태산파의 고수에게 다가갔다.

"여기 있소."

배식판을 내려놓자 태산파의 고수가 사나운 음성으로 말

했다.

"강호에서 오래 살고 싶으면 조심해라. 다음엔 목이 날아가는 수가 있으니까. 알았냐?"

냅다 발로 걷어찰까 심각하게 고심하던 도왕의 귀로 벽사흔의 음성이 들려왔다.

"뭐해? 밥 다 식는다."

결국 도왕은 인상을 구기며 돌아섰다. 한데 그게 또 태산파 고수의 심사를 긁은 모양이었다.

"어이, 어린 새끼."

막 발걸음을 떼려던 도왕이 몸을 돌려 자신을 가리켰다.

"설마, 나 말이오?"

"그럼 어린 새끼가 너 말고 또 누가 있냐?"

"흐음… 왜… 그러시오."

"너 그러다 목 부러진다. 어른이 좋은 말씀 가르쳐 주었으면 감사하다는 인사는 하는 게 예의다."

"하아~ 아, 알겠소."

"네놈은 고맙단 소리를 알겠단 말로 하더냐?"

"흐음… 고. 맙. 소."

"알았으면 가서 물 좀 떠 와라."

그 말만 던져 놓고 식사를 위해 고개를 숙이는 태산파 고수의 뒤로 벽사흔이 고개를 젓는 것이 보였다.

무림지회의 일로 아쉬운 소리를 할 것만 아니었어도 벽사흔이 말리거나 말거나 태산파 고수의 모가지를 비틀어 놓았을 것인데 아쉬운 것이 있으니 도왕은 초인적인 인내로 그것을 참아 냈다.

결국 물을 떠다 바치고서야 도왕은 벽사흔 등이 앉은 자리로 갈 수 있었다.

태공과의 대화로 뒤늦게 식당에 도착한 벽우일이 배식판을 들고 와서 앉자 도왕이 조용한 음성으로 말했다.

"저기, 태산파 새끼의 사부가 누군지 좀 알아 놔라."

"왜… 그러십니까?"

"어떤 개아들 놈의 자식이 저런 호래자식을 키웠는지 나중에 좀 만나 보려고."

태산파 고수와 도왕 사이의 일을 알지 못하는 벽우일이 당황스런 표정을 짓자 벽사흔이 고개를 끄덕였다.

"알아봐 줘라. 궁금하긴 하니까."

"아, 예, 오늘 중으로 알아봐 드리겠습니다."

벽우일의 답에 도왕은 수저를 씹어 먹을 기세로 답했다.

"그래!"

태산파의 벽하삼웅 중 막내인 길전은 묘한 느낌에 밥을 먹다 말고 주변을 둘러보았다.

하지만 이상한 것을 발견하지 못한 그는 고개를 갸웃거리며 다시 밥을 먹는 데 집중했다.

† † †

 약속한 오 일이 지났다.
 시간이 되자 약간의 자극에도 끊어질 것같이 팽팽하게 당겨진 긴장이 양의검문을 가득 채웠다.
 그런 양의검문으로 당가의 방문을 알리는 배첩이 날아들었다.
 청풍대협을 곁에 둔 문주는 모든 문도들과 도우러 달려온 무사들을 대연무장에 집결시켰다.
 "이름이 어찌되시오?"
 서책을 들고 다니며 사람들을 배치하던 배검각주가 벽우일에게 다가와 물었다.
 "우일이오."
 "아! 이협각주의 손님들이시구려. 하면 뒤로 가시오."
 "뒤로… 이유를 물어도 되겠소?"
 "앞엔 고수들이 설 거요. 괜히 칼 한 번 휘둘러 보지도 못하고 잘못되지 않게 뒤로 가라는 말이오."
 배검각주의 말에 벽우일이 돌아보자 벽사흔이 피식 웃으며 뒤로 물러났다. 그러자 도왕과 도군은 물론이고 벽우일도 뒤로 물러났다.
 태공은 문주의 명으로 분주히 움직이느라 그런 이들을 돌볼 겨를이 없었다.

그렇게 고수를 앞으로 세우고 하수들을 뒤로 정렬시키던 와중에 당가의 사람들이 도착했다.

일수독작을 앞세운 당가의 무사들은 한눈에 보기에도 대단히 뛰어나 보였다.

"아직 안 갔나?"

안면이 있었던지 일수독작은 청풍대협을 단박에 알아보았다.

"물러날 이유가 없었습니다."

포권을 취해 후배로서의 예를 다하는 청풍대협에게 일수독작이 비릿한 미소를 지어 보였다.

"하면 당가와 남궁세가가 척을 지자는 말인가?"

날 선 일수독작의 물음에 청풍대협이 고개를 저었다.

"어찌 후배 같은 말학의 발길이 남궁세가의 뜻을 대변한다 하겠습니까? 후배는 그저 개인의 소신으로 이 자리에 있을 뿐입니다."

청풍대협의 말에 일수독작이 여전히 비릿한 미소를 지우지 않은 채 물었다.

"하면 네가 여기서 죽어도 남궁세가는 군말이 없을 것이란 뜻이렷다."

"세가의 뜻은 소인이 미처 짐작하지 못합니다."

청풍대협의 말에 일수독작이 사납게 소리쳤다.

"이놈! 감히 네놈이 나와 말장난을 하자는 게냐?"

"후배가 어찌 선배님과 말장난을 하겠습니까? 그저 제 소신을 밝혔을 뿐입니다."

여전히 기세가 죽지 않는 청풍대협을 노려보던 일수독작이 천천히 손을 들어 올렸다.

"어디, 네놈이 그리 당당할 수 있을 만한 자격이 있는지 내 친히 알아보리라."

순식간에 장내에 긴장이 차올랐다. 하지만 누구도 섣불리 나서지 않았다.

천하의 일수독작이다. 그가 마음만 먹으면 이곳에 있는 누구도 살아서 두 걸음 이상을 벗어날 수 없다는 걸 알기 때문이다.

그런 가운데 청풍대협이 한 발 앞으로 나섰다.

"선배님의 시험을 달게 받겠습니다."

교묘한 언변이다.

그것으로 자신이 시험을 통과하면 당가는 물러나야 한다는 의미를 달아 버린 것이다.

"역시 남궁의 입이로구나. 오냐, 내 네놈을 시험하리라."

분노가 치밀어 눈을 파랗게 빛내는 일수독작의 말에 청풍대협은 독과는 상극이라는 천뢰기를 극성으로 운공했다.

그렇게 잠시간의 대치.

사슴 가죽으로 만든 주머니에 손을 넣고 노려보기만 하는 일수독작의 모습에 사람들이 긴장하는 사이 갑자기 청풍대협이 입가로 피를 흘리며 비칠거리기 시작했다.

"어, 어느새!"

사람들 사이에서 당황성이 흘러나왔다.

일수독작이 손도 움직이지 않은 채 하독을 했다는 걸 알아차린 까닭이다.

"크읍!"

신음을 흘리는 청풍대협에게 일수독작이 말했다.

"그만큼 버텼으면 잘 버틴 게다. 하니 물러나거라."

"후, 후배의 시험은 아, 아직 끝나지 않았습니다."

애써 몸을 바로 세우는 청풍대협의 말에 일수독작의 눈썹이 역 팔자로 일어섰다. 그의 분노가 끝까지 치솟았다는 반증이었다.

창천검작에게 들어 그 버릇을 알고 있던 창궁신룡이 다급한 눈길로 뒤를 돌아보았다. 그곳에 벽사흔과 일행이 서 있었기 때문이었다.

결국 창궁신룡의 눈빛에 진 도왕이 앞으로 나섰다.

"그쯤 하지. 창천검작과 사생결단을 할 게 아니면 이쯤에서 그만두는 게 좋아."

사람들 사이를 비집고 나서는 이를 본 일수독작의 눈이 화등잔만 하게 커졌다.

"그, 그대가 여긴 어찌……?"

일수독작은 상대의 정체를 알기에 놀랐지만 대부분의 사

람들은 그가 누군지 몰라 웅성거렸다.

특히 벽하삼웅의 막내인 길전은 저 자식이 죽으려고 환장했나 하는 눈빛이었다.

그런 이들에게 정보를 준 것은 일수독작 뒤에 서 있던 당가의 장로였다.

"도, 도왕 대협께서 이곳엔 어찌……?"

"그냥 친구 수하의 친구를 좀 돕자고 왔지."

조금 복잡한 설명에 사람들의 고개가 갸우뚱해질 무렵, 도군이 벽우일을 앞세우고 나서며 핀잔을 주었다.

"그렇게 말하면 알겠소? 이 친구의 친구를 돕기 위해 왔을 뿐이라고 해야지."

하지만 벽우일도 모르는 판국에 벽우일의 친우가 누구인지 아는 이들은 아무도 없었다. 당연히 술렁임이 커졌다.

그것보다 더 큰 술렁임을 만든 말이 일수독작의 입에서 흘러나왔다.

"도군까지… 도대체 누굴 돕자고 온 게요?"

사람들의 눈은 더없이 커졌다.

도왕의 현신도 믿기지 않는데 도군까지 한자리에 있다는 말 때문이었다.

그러나 진짜 놀랄 일은 그 뒤에 터졌다.

"거참, 말귀 정말 못 알아먹는 작자일세. 얘 친구, 그래, 저기, 저놈 도우러 왔다니까."

벽우일과 저만치 서서 멀뚱멀뚱 바라보고 있는 태공을 가리키고 나서는 벽사흔을 발견한 일수독작의 입에서 바람 빠지는 소리가 나왔다.

"허, 허억. 사, 삼황은 왜 여기에!"

삼황. 소문으로 퍼진 삼황에겐 아직 정해진 무림명이 없다. 그저 이황과 동급이라 하여 삼황이라 불릴 뿐이었기 때문이다.

순간 경악 어린 사람들의 시선이 벽사흔에게 몰렸다. 그들은 소문의 주인공이 그곳에 서 있었다는 것이 믿기지 않는다는 눈빛이었다.

그런 이들의 귀로 벽사흔의 퉁명스런 음성이 들려왔다.

"삼황은 무슨……. 그나저나 쟤 저러다 죽겠네. 해독제나 먹이고 계속하지."

벽사흔의 말에 자신의 눈치를 보는 당가의 장로에게 일수독작이 눈짓을 했다.

벽사흔의 말이 아니라도 청풍대협을 죽일 수는 없는 까닭이었다.

당가의 장로가 품에서 검은 단약을 꺼내 건네자 청풍대협은 두말없이 그것을 삼켰다.

얼마 지나지 않아 입가를 흐르던 핏줄기가 멈추고 혈색도 안정을 되찾아 갔다. 그런 청풍대협에게서 시선을 거둔 벽사흔이 말했다.

"계속 이러고 말할 생각이야?"

"그, 그게······."

당황하는 일수독작에게 벽사흔이 시정잡배가 양민에게 겁을 줄 때처럼 고개를 좌우로 비틀며 말했다.

"아니면 정말 한판 떠 보든지."

그런 벽사흔의 모습에 일수독작의 안색이 어두워졌다.

이미 한 번 겪어 본 인사다. 그때 느낀 대로라면 여기서 체면 차린답시고 말실수 하나만 삐딱 잘못해도 정말로 덤벼들 작자였다.

물러서면 체면은 엉망이 되겠지만, 두들겨 맞고 사로잡히는 것보단 백배 천배 나을 것이었다.

일수독작의 표정에서 포기를 읽은 도왕이 재빨리 끼어들었다.

일수독작도 일문의 종사다. 더 이상의 망신을 주어선 안 되는 사람이었던 것이다.

"그럼 들어가서 이야기하지. 두 사람 다 괜찮지?"

도왕의 물음에 일수독작은 기다렸다는 듯이 고개를 끄덕였고, 벽사흔은 어깨를 으쓱여 보였다.

"뭐해, 안내 안 하고?"

도왕의 핀잔에 화들짝 놀란 태공이 문주를 불렀다.

"무, 문주님."

"응, 아, 아! 옙. 제, 제가 아, 안내하겠습니다. 이, 이쪽으로 오십시오, 대협들."

 허리를 반으로 접은 문주의 안내에 일수독작과 벽사흔이 움직이자 그 뒤를 따르던 도왕이 자신들을 시종하던 태공에게 몇 마디 말을 남기고 사라졌다.

 그들이 사라질 때까지 허리를 숙이고 있던 태공이 부들부들 떨고 있던 벽하삼웅의 막내, 길전에게 다가왔다.

"저기… 길 대협, 도왕 대협께서 이따 보자십니다."

"그르르륵."

 태공의 말이 끝나기 무섭게 길전이 눈을 허옇게 까뒤집으며 넘어갔다.

"사제, 사제!"

 놀란 벽하삼웅의 두 사형들이 그렇게 기절한 길전을 흔들었지만 그는 좀처럼 깨어나지 못했다.

제60장
필사의 도주

 문주의 집무실로 자리를 옮긴 이들의 배분과 능력 때문인지 주인인 양의검문의 문주마저 시종처럼 구석에 뻘쭘하게 서 있어야 했다.
"도대체 당가의 앞을 막은 이유가 뭐요?"
애써 벽사흔 쪽으로는 시선을 주지 않으며 묻는 일수독작의 물음에 도왕이 답했다.
"아까 말한 대로, 저기 서 있는 저 친구의 친구. 그렇지, 저기 저 친구를 도우러 왔다니까. 참! 말은 전했나?"
설명하다 말고 묻는 도왕의 말에 태공이 곤혹스런 표정으로 답했다.
"그게… 전하긴 했사온데, 길전 대협이… 혼절하였습니다."

태공의 답에 흐뭇하게 웃는 도왕에게 벽사흔이 물었다.
"길전이 누군데?"
"왜 저번에 배식판 사건."
도왕의 답에 벽사흔이 기억났다는 듯이 고개를 끄덕였다.
"아! 네가 물까지 떠다 바친 놈."
"이런! 굳이 그런 말까지 할 건 뭐야?"
"내가 없는 말 한 것도 아닌데 발끈하긴."
벽사흔의 핀잔에 도왕은 구시렁댔지만 화를 낼 순 없었다. 내 봐야 콧방귀조차 뀌지 않을 인사란 것을 알기 때문이었다.

두 사람의 대화에 고개를 갸웃거리던 일수독작이 물었다.
"그게 당가의 일을 막은 것과 상관이 있는 거요?"
"아! 당가완 상관없어. 다만, 태산파엔 볼일이 좀 생겼지만."
"태산파? 태산파 이야기가 여기서 왜 나오는 거요?"
여전히 이해할 수 없다는 표정으로 고개를 갸웃거리는 일수독작에게 도군이 투덜거렸다.
"거 상관없는 말이니 그냥 넘어갑시다."
그런 도군을 슬쩍 흘겨봤지만 잠시뿐이었다.
같은 강호십대고수라지만 객관적인 능력을 따져도 화경인 일수독작은 화경의 극의인 도군의 상대로는 부족했기 때문이다.

그 탓에 흐트러진 분위기를 도왕이 다잡았다.

"미안하게 되었어. 태산파 이야긴 내 개인적인 일이라……. 다시 이야기를 나눠 보자고."

도왕의 말에 못마땅한 표정으로 고개를 끄덕인 일수독작이 다시 물었다.

"그럼 다시 묻겠소? 왜 우리 당가의 일을 가로막은 것이오?"

"아까 말했다시피 정말 저 친구의 친구, 그러니까 저자를 도우러왔다니까 그러네."

도왕의 말에 미간에 주름이 잡힌 일수독작이 태공을 가리켰다.

"저자가 누군데 그러시오?"

"말했잖아, 이 친구의 친구라고."

이번엔 벽우일을 가리키는 도왕의 답에 조금 더 늘어난 주름을 달고 일수독작이 물었다.

"그럼 그 친군 또 누구요?"

"이 친군, 저 친구의 수하지."

도왕의 손이 애써 외면하던 벽사흔에게 닿자 일수독작의 미간에 잡힌 주름의 양이 배로 늘었다.

그런 일수독작을 슬쩍 일별한 벽사흔이 도왕의 말을 수정했다.

"수하가 아니라 가족이야. 야, 우일, 네 성이 뭐냐?"

"벽씨입니다, 가주님."

"그래. 그럼 난?"

"그야 가주님도 벽씨입지요."

벽우일의 답에 벽사흔이 '들었지?' 하는 표정으로 말했다.

"벽사흔, 벽우일. 가족이거든."

벽사흔의 말에 그의 독특한 가족 관념을 조금은 아는 도왕이 고개를 끄덕였다.

"그래, 알았다. 내 실수했네. 수하가 아니라 가족이라네."

나중엔 자신을 바라보고 말하는 도왕의 말에 일수독작이 못마땅한 음성으로 물었다.

"그러니까… 가족의 친구를 도우러 왔다?"

그 물음엔 도왕이 아니라 벽사흔이 답했다.

"그래. 뭐, 불만 있어?"

상대의 말투에 기분이 상했는지 불퉁거리는 벽사흔의 반응에 일수독작의 음성이 은근슬쩍 누그러졌다.

"불만은 무슨… 그냥 그러냐고 묻는 거요."

그게 안 되어 보였는지 도왕이 끼어들었다.

"자자, 우리가 으르렁댈 사이도 아니고……. 함께 해결책을 찾아봅시다. 우선 당가가 양의검문을 원하는 이유가 정말 뭔지부터 들어 보자고."

도왕의 물음에 일수독작이 잠시 갈등하다 답했다.

"당가는 귀주를 원하오."

솔직한 일수독작의 말에 뒤에 서 있던 당가의 장로들이 잠시 당황한 표정이 되었으나 이미 엎질러 진 물이라 생각했는지 곧바로 신색을 회복했다.

그런 당가 사람들의 반응을 살펴본 도왕은 일수독작의 말이 사실이라는 것을 어렵지 않게 짐작할 수 있었다.

"하긴 이렇다 할 주인이 없는 귀주는 탐스러운 땅이긴 하지."

그런 귀주가 오래 방치된 것은 관부의 입김 탓이었다. 운남을 도모하기 위해 황실이 대규모 군대를 주둔시켰던 곳이 바로 귀주였기 때문이다.

물론 운남 정벌은 이미 오래전에 끝이 났지만 군대의 철수는 더딘 편이었다.

실제로 귀주엔 운남 정벌을 담당했던 우군도독부의 직할 병력 일만이 아직도 주둔 중이었다.

"맞소. 이제 그 주인으로 당가가 들어서길 원하오."

일수독작의 말에 도왕이 물었다.

"그렇다고 귀주로 이사 올 생각은 아닐 테고?"

"당연한 소리!"

"그러니까… 그냥 사천의 삼분지 일도 먹고, 귀주도 먹겠다?"

"안 될 게 있소?"

일수독작의 날 선 물음에 도왕이 피식 웃었다.

"안 될 건… 없지. 우린 왜 이걸 먼저 생각 못했는지 안타깝긴 하지만 말이야."

팽가가 왜 귀주를 도모할 생각을 못했는지를 말하는 것이었다.

"그러게."

뒤이은 도군의 음성에도 후회가 깃들었다. 애초에 귀주로 들어섰다면 진마벽가에 고개를 숙이는 일만은 없었을 것이란 생각을 했던 것이다.

하지만 단리세가는 귀주를 노릴 수 없었다. 관에 그렇게 시달려 놓고 또 관부와 마찰을 일으킬지도 모르는 귀주에 손을 댈 수는 없었기 때문이다.

물론 도군도 그걸 안다. 알지만 욕심은 어쩔 수 없었던 것이다.

그런 이들의 대화를 들으며 양의검문 문주의 얼굴은 노래졌다 파래졌다를 반복하고 있었다.

자신들에겐 삶의 터전이자 모든 것인 귀주를 마치 공깃돌처럼 들었다 놓는 말들 때문이었다.

"그럼… 물러서는 거요?"

희망 섞인 일수독작의 물음에 도왕이 벽사흔을 돌아봤다. 이랬거나 저랬거나 자신들의 이번 행사는 벽사흔의 결정에 따른 까닭이었다.

도왕의 시선을 받은 벽사흔이 일수독작에게 물었다.

"그럼 애들은 어떻게 되는 건데?"

"당가에 협조해야 할 거요."

 말이 협조지, 문파의 독립성은 완전히 잃는다.

 먼저 당가의 손에 떨어진 쾌도문이나 비섬창가의 예를 보더라도 대부분의 기존 수뇌부들은 사천에 있는 본가로 들어가고 당가의 인물이 분타주의 명패를 달고 나와 다스렸다.

 그걸 알기에 사색이 된 양의검문의 문주가 사정없이 고개를 젓고 있었다. 그것을 본 벽사흔이 말했다.

"쟤는 싫다는데?"

"권주를 마다하면 벌주를 마시게 될 거요."

 문주를 노려보는 일수독작의 사나운 음성에 못마땅한 표정으로 벽사흔이 물었다.

"술은 네가 따르고?"

"당연히!"

"그러다 술병 깨지면 어쩌려고?"

 불만을 노골적으로 드러내는 벽사흔의 물음에 일수독작은 흠칫거렸다. 잠시 상대의 기질을 잊고 있었다는 자책 때문이었다.

"그럼… 뭘 원하는 거요?"

 원하는 걸 물었다. 어지간하면 들어주겠다는 뜻이다.

 아니, 지금의 경우엔 어지간하지 않더라도 들어주지 않을 수 없었다.

결국 당가가 한발 물러선 셈이다.

일수독작의 물음에 벽사흔이 양의검문의 문주에게 물었다.

"뭘 원하냐고 묻잖아."

"예? 저, 저 말입니까?"

"그럼 이게 내 문파냐?"

"그, 그게… 그러니까."

당황해서 어쩔 줄 몰라 하는 문주를 못마땅한 시선으로 바라보던 벽사흔이 그 곁에 서 있던 태공에게 물었다.

"네가 답해 봐."

벽사흔의 물음에 잠시 당황한 태공이었지만, 여기서 자신조차 답을 하지 못하면 상황이 어디로 튈지 모른다고 판단한 그가 서둘러 답했다.

"무, 문파의 독립을 보장해 주십시오."

"그러면?"

"다, 당가의 패, 패권을 인정하겠습니다."

스쳐 가는 소문처럼 들었던 진마벽가와 검각 간의 이야기가 떠올랐던 것이다.

검각과 단리세가가 진마벽가의 광서 패권을 인정했다는 것을 말이다.

단박에 태공의 의도를 짐작한 벽사흔이 피식 웃었다.

"잔머리는……. 네 생각은 어때?"

벽사흔의 물음에 양의검문의 문주는 황급히 고개를 끄덕였다.
"그, 그렇게만 해 주신다면 가, 감사하겠습니다."
문주마저 동의하자 벽사흔이 일수독작을 바라보았다.
"결정해."
벽사흔의 말에 일수독작이 조심스럽게 물었다.
"만약 거… 부한다면?"
"뭐, 기왕 애들도 모았겠다, 연무장에 피칠해 가며 한판 거하게 뜨는 거지."
살벌한 이야기를 아무렇지도 않게 말하는 벽사흔의 말투에 일수독작은 혀를 내둘렀다.
"물러설 곳도 주지 않는군."
"물러설 곳 있어 봐야 추잡해질 뿐이야. 기왕 양보하려면 화끈하게 해. 소문을 들으니 화통한 면도 있다면서."
화통한 면?
일수독작에 대한 그런 소문은 없다. 밴댕이 소갈딱지라거나 편협 같은 단어와 친하다면 모를까.
"화통? 내가?"
"아니야? 난 그렇게 들었는데?"
자신의 성격이 화통과는 거리가 멀다는 건 일수독작 자신이 더 잘 안다. 하지만 여기서 '나 좀팽이요.' 할 순 없는 노릇이 아닌가?

"그, 그거야 뭐… 내가 좀 그런 면도 있긴 하지."
"그럼 동의한 거다."
쐐기를 박는 벽사흔의 물음에 일수독작은 뭐에 홀린 사람처럼 고개를 끄덕여야만 했다.
"그, 그렇지, 뭐……."
"들었지? 술상 봐 와."
"예?"
놀라는 양의검문 문주에게 벽사흔이 혀를 찼다.
"죽은 놈 살려 줬으면 감사의 술은 내놔야지. 그럼 저 인사를 맨입으로 돌려보낼 생각이야?"
"아, 아! 알겠습니다, 대협."
벽사흔의 말뜻을 알아들은 양의검문주가 황급히 밖으로 나가려는데 벽사흔의 말이 이어졌다.
"참! 술상을 내올 땐 네놈이 직접 수결한 확인서 가져와라."
"무, 무슨 확인서 말씀이신지……."
당혹스러워하는 문주에게 벽사흔이 버럭 소리를 질렀다.
"패권 인정한다면서? 맨입으로 할래?"
"아! 알겠습니다, 대협!"
비로소 무슨 확인서인지 알아들은 양의검문의 문주가 크게 답하고 뛰어나가자 벽사흔이 일수독작을 돌아보며 웃었다.

"저거 토닥이며 살려면 너도 머리깨나 아프겠다."

벽사흔의 말에 일수독작은 자신도 모르게 피식 웃어 버렸다.

"가끔 독단 하나씩 먹이면서 가르치면 되겠지."

"크하하하!"

일수독작의 말에 벽사흔과 도왕 등이 크게 웃었지만, 자신도 문주와 공동 운명체일 것이 뻔한 태공의 얼굴은 새카맣게 죽어 가고 있었다.

† † †

도둑질하러 왔다 빈 쌀통에 돈 놓고 간다는 말이 있다.

양의검문을 떠나는 당가의 입장이 바로 그랬다.

생각지도 못한 이들의 중재로 양의검문은 문파를 보존했다. 물론 귀주에 대한 당가의 패권을 인정한다는 확약서를 문주가 직접 쓰고 수인까지 찍어 보내야 했지만, 대신 사천당가라는 대문파를 등에 업은 셈이 되었다.

양의검문의 입장에선 득이면 득이지, 손해날 건 없었던 것이다. 그렇다고 당가도 손해는 아니다.

피를 보면 말이 생긴다. 그것도 좋지 않은 말이다. 불구대천의 원수도 아니고, 단지 이권을 위해 피를 보았다면 그 내용은 욕설에 가까울 것이다.

하지만 협상을 통해 실익은 챙기고, 피는 보지 않았다. 당가로서는 명분과 실리를 모두 취한 셈이니 그 또한 이득이었다.
 그런 연유로 당가의 무사들을 데리고 돌아가는 일수독작의 표정은 꽤나 밝았다.
 그의 표정이 밝은 것은 양의검문을 피를 보지 않고 얻은 것 때문만은 아니었다. 다음에 놀러갈 테니 술 좋은 걸로 준비해 놓으라던 벽사흔을, 천하의 강자를 친우로, 인연으로 묶어 둔 까닭이 더 컸다.

 벽사흔 등은 일수독작을 위시한 당가의 무사들이 떠난 후로도 이틀을 더 묶었다. 문파의 은인으로 극진한 예를 다하는 양의검문의 문주와 태공의 만류 때문이었다.
 그렇게 좋은 음식과 술을 대접 받은 벽사흔 등은 당가의 무사들이 떠난 이틀 후, 양의검문을 나섰다.
 "대협, 다시 한 번 감사드립니다."
 문파의 정문을 지나 옹안의 경계까지 쫓아온 태공의 인사에 벽사흔이 손을 저었다.
 "인사를 하려거든 우일이에게 해라. 저놈 때문에 온 것이니."
 벽사흔의 말에 태공이 벽우일에게 정중하게 포권을 취해 보였다.

"고맙네."

서둘러 포권을 취해 보이는 태공의 손을 잡은 벽우일이 고개를 저었다.

"이런, 친구에게 무슨……. 자네라면 오지 않았겠나?"

벽우일의 물음에 태공은 곧바로 답할 수 없었다. 하지만 이내 고개를 끄덕였다.

"아마… 갔을 것 같군."

사실이다. 갑자기 무슨 일인가 싶어서라도 찾아갔을 듯싶었던 것이다.

그런 친우의 마음을 알기에 벽우일이 미소를 지어 보였다.

"그런 걸세. 하니 마음에 두지 말게."

"어찌……. 내 마음 깊이 새겨 둠세."

"허허, 그 친구."

여전히 두 손을 잡고 좀처럼 떨어지지 않는 두 사람을 바라보던 도왕이 불퉁거렸다.

"그러다 정분나겠다."

"험험, 대, 대협도……."

당황하는 벽우일의 모습에 피식 웃어 보인 도왕이 길을 재촉했다.

"가자. 어젯밤에 도망간 놈들 잡으려면 시간 없다."

막내인 길전에게 자초지종을 들은 벽하삼웅이 눈치를 보다 어젯밤을 도와 줄행랑을 놓았던 것이다.

그걸 아는 벽우일이 미소를 지으며 답했다.
"예, 갑니다."
그렇게 멀어져 가는 친우와 강호의 거인들을 향해 태공은 한참 동안 손을 흔들어 보였다.

옹안에서 태산파가 있는 산동으로 가려면 동북쪽으로 달려야 했다.
밤사이 줄행랑을 놓은 벽하삼웅도 그것은 다를 바가 없었다.
그리고 그 뒤를 쫓기 시작한 도왕과 벽사흔 등도······.
"헉헉! 잠시 쉬었다 가자."
대형의 말에 벽하삼웅의 나머지 둘도 나무 그늘에 주저앉았다.
밤새 달렸다고 벌써 내공이 달릴 만큼 허약한 이들은 아니었지만, 며칠 동안 제대로 먹지도 자지도 못하고 도주할 틈만 노리다 보니 도주를 시작하기 전부터 이미 심기와 체력이 바닥을 치고 있었던 것이다.
그런 상태에서 밤새 달렸으니 녹초가 될 법도 했다.
"그나저나 쫓아올까요?"
겁이 잔뜩 든 길전의 물음에 벽하삼웅의 대형이 고개를 저었다.
"나도 잘 모르겠다. 하지만 그만한 모욕을 당하고 참을 거란 생각은 들지 않는다."

 대형의 말에 길전의 얼굴은 하얗게 질렸다. 상대가 도왕인 것을 안 날 이후로 매일같이 그의 손에 찢겨 죽는 장면이 머릿속에서 감돌았다.

 물론 상대가 피에 굶주린 마두가 아니라는 것은 알지만, 강호에 회자되는 도왕의 불같은 성격을 떠올리면 으레 자신을 산 채로 찢어 죽이며 웃는 도왕의 얼굴이 따라왔다.

 "다시 가죠. 이러다 잡히면……."

 길전의 재촉에 그의 사형들이 힘겹게 자리에서 일어섰다.

 "그래. 잡혀서 치도곤을 당하는 것보다는 달리는 게 낫겠지. 최대한 빨리 사문으로 돌아가면 아무리 도왕이라도 함부로 할 순 없을 거다."

 "제 말이 그 말이라고요."

 길전의 말에 벽하삼웅은 다시금 달리기 시작했다.

제61장
태산파의 문제

태산.

태산은 중원오악 중 동악에 해당하는 산으로, 중원인들은 예로부터 사람의 수명과 복록(福祿)을 관장하는 태산부군(泰山府君)이라 불리는 도교의 신이 이 산에 깃들었다 하여 산 자체를 신성시했다.

이 태산부군을 동이에선 동악대제(東嶽大帝)라 하여 사후 세계를 관장한다고 믿었다.

서로 다른 믿음이었지만 사람의 생명에 관계되어 있는 신이라는 것은 같았다.

하지만 세월이 흐르고 태산의 주신은 태산부군이 아니라 옥황상제의 딸이라는 벽하신군(碧霞神君)으로 바뀌었다.

그런 변화의 중심엔 벽하사(碧霞祠)가 서 있었다. 여도사들의 도량인 벽하사를 중심으로 주변에 들어선 도량들이 연수를 하더니 하나의 공동체를 형성했다.

그렇게 탄생한 것이 바로 태산파였다.

처음엔 도량들의 공동체였지만 태산파가 영역을 확대하며 속가의 형식이 섞여 들었다.

그렇게 도문과 속가가 어우러진 태산파의 역사가 벌써 사백 년을 넘어가고 있었다.

중승(中升).

태산파에서 산문으로 삼는 문이다.

그 중승을 지나 하늘길이라 불리는 기다란 천가(天街)를 달려 올라가면 서신문(西神門)이 나온다.

서신문을 지나면 태산파의 중심이라 불리는 벽하사가 자리하고 있었다.

그 벽하사로 벽하삼웅이 숨을 헐떡이며 들어섰다.

"장문인은 어디에 계시더냐?"

벽하삼웅의 대형이 묻자 평소와 다른 그들의 모습에 놀란 표정이던 태산파의 제자가 황급히 고개를 숙이며 답했다.

"옥황정(玉皇頂)에 계십니다."

옥황정은 태산의 제일봉인 옥황봉에 세워진 옥황상제의 사당이었다.

평소엔 외인은 물론이고 문파의 제자들조차 출입이 제한된 금지였다.

"옥황정엔 왜?"

"무당에서 중요한 손님이 오셔서……."

다른 도량의 장로 이상인 도사가 방문할 경우 옥황정을 참배하도록 하는 태산파의 관례다.

대부분 태상노군을 최고신으로 모시는 다른 도량들과 달리 자신들은 천신의 최상신인 옥황상제를 모신다는 일종의 우월감에 기인한 것이었다.

"누가 왔더냐?"

"공명 진인이라 하셨습니다."

공명 진인, 최근에 현천검작이라 불리며 새롭게 강호십대고수에 오른 무당의 고수였다.

제자의 말을 듣는 순간 벽하삼웅의 얼굴에 반색이 떠올랐다.

벽하신군이 돌보셨는지 태산파에 들어서기 무섭게 자신들을 지켜 줄 십대고수를 만난 것이다. 거기다 상대는 무극검황이 버티고 있는 무당의 십대고수다.

아무리 도왕이 십대고수의 수좌라 해도 함부로 할 수 없는 인물인 것이다. 그것이 벽하삼웅의 마음에 햇살을 드리우고 있었다.

"가자."

대형의 말에 이내 벽하삼웅의 발길이 옥황봉으로 향했다.

현천검작을 안내해 옥황정을 나서던 여상 진인은 일반인처럼 헐떡거리며 올라오는 벽하삼웅을 못마땅한 표정으로 맞았다.
"무슨 일인가?"
타 문파인, 그것도 도문들의 수장이라는 무당의 집법전주 앞이었다.
그런 사람 앞에서 자파 제자들, 그것도 장로라는 이들이 내공도 없는 일반인처럼 숨을 헐떡이며 올라오는 못난 모습을 보인 탓에 여상 진인의 음성엔 힐난이 묻어나고 있었다.
"자, 장문인을 뵈옵니다."
서둘러 포권을 취해 보이는 벽화삼웅을 탐탁지 않은 시선으로 바라보며 여상 진인이 물었다.
"무슨 일이냐고 물었네."
"그것이… 급히 아뢰올 일이 있어서……."
아무리 급하다 하나 옥황정이다. 장문인의 허락이 있기 전엔 출입이 금지된 금역이었다. 그곳을 무단으로 올라온 벽하삼웅에게 여상 진인이 물었다.
"문파의 존망이라도 걸린 일이던가?"
"그, 그것은 아니오나……."
평소에도 조급하고 진중하지 못해 문파 내에서도 말들이

많았던 이들이다.

 지닌바 실력만 아니었다면 결코 장로에 올리지도 않았을 자들인 것이다.

 못마땅하고 화가 났지만 외인의 앞이었다. 애써 노기를 누른 여상 진인이 말했다.

 "일단 내려가세. 내려가서 들을 터이니."

 여상진인의 말에 벽하삼웅은 두말없이 앞에서 물러났다. 그런 이들에게서 시선을 돌린 여상 진인이 애써 미소를 지으며 말했다.

 "내려가셔서 차나 한잔하시지요."

 여상 진인의 말에 현천검작이 미소를 지었다.

 "급한 일이 있으신 듯한데, 먼저 일을 보시지요."

 "아, 아닙니다. 차도 한 잔 못할 정도로 급한 일은 아닌 듯하니 괘념치 마시지요."

 거듭된 여상 진인의 청에 현천검작이 고개를 끄덕였다.

 "그럼… 폐를 끼치겠습니다."

 "무슨 그런 말씀을……."

 선선한 미소로 답한 여상 진인이 현천검작을 안내해 내려가자 그 뒤를 벽하삼웅이 재빨리 따랐다.

† † †

자신의 거처로 현천검작을 안내한 여상 진인은 그다지 기분이 좋지 못했다.
 눈치 없이 벽하삼웅이 따라 들어와 자리를 잡고 앉은 까닭이었다.
 "험험, 그래, 무극검황께서는 편안하십니까?"
 여상 진인의 물음에 현천검작이 어색한 미소를 띠었다. 요사이 돌고 있는 무극검황의 등선에 관한 소문을 확인하고 싶어 한다는 것을 느낀 까닭이다.
 "빈도가 무당을 떠날 때까진 무탈하셨습니다."
 현천검작의 말에 여상 진인의 표정이 복잡했다. 현천검작의 답에 묘한 구석이 있었기 때문이다.
 현천검작이 무당을 떠날 때까진 무탈했다면 지금은 무탈하지 않다는 건지, 아니면 아직도 무탈하다는 건지 그 말만으론 무극검황의 상태를 정확하게 파악할 수 없었던 것이다.
 그것이 장문인의 머리를 복잡하게 했다. 여기서 물음을 접을 것인지, 아니면 확실히 짚고 넘어가는 것이 좋을지 결정하기 어려웠던 것이다.
 "흠… 혹 소문은 들으셨습니까?"
 "요사이 들리는 소문들이 너무 많다 보니… 장문인께서 물으시는 소문이 무엇인지 선뜻 짐작하기 어렵군요."
 현천검작의 말에 여상 진인은 조금 더 솔직하게 물었다.

"무극검황께서 등선하셨다는 소문 말입니다."

"아! 그 소문은 저도 들었습니다."

"헛소문… 이겠지요?"

여상 진인의 물음에 현천검작이 여전히 미소 띤 얼굴로 고개를 저었다.

"빈도도 무당을 떠난 지 벌써 팔 개월이 넘어가니 확실히는 모르겠습니다. 하나, 정말 사백께서 등선하셨다면 빈도에게 귀환령이 떨어졌을 거라 생각한답니다."

현천검작의 답에 여상 진인은 고개를 끄덕일 수밖에 없었다.

그의 말대로 무극검황이 등선했는데 현천검작을 외유하도록 내버려 둘 리 없었기 때문이다.

"역시 헛소문이로군요. 빈도도 그럴 것이라 생각했습니다만… 워낙 소문이 많이 퍼진 터라……. 이해를 구합니다."

여상 진인의 말에 현천검작이 다시 한 번 고개를 저었다.

"충분히 이해합니다. 하니 괘념치 마십시오. 그나저나 기다리는 분들이 계시니 저는 그만 일어서겠습니다."

그 말과 함께 현천검작이 일어서자 여상 진인이 서둘러 말했다.

"며칠 묵어가시지요. 제자들에게 공명 진인의 도도 알려주시고……. 이 여상이 청합니다."

여상 진인의 말에 현천검작이 미소를 지었다.

어차피 세상사를 몸소 부딪쳐 보기 위해 나온 참이다. 그간 민간 백성들의 객방에서도 신세를 졌었다.

하물며 무당과 같은 길을 걷는 도량인 태산파의 호의를 거절할 생각은 없었다.

"그럼 며칠 신세를 지겠습니다."

"신세라니요. 가당치 않습니다."

활짝 웃은 여상 진인은 문밖에 기다리던 제자를 시켜 현천검작을 귀빈들에게나 내주는 별원으로 안내하도록 했다.

그렇게 현천검작이 자신의 거처를 나가자 여상 진인이 차가운 얼굴로 벽하삼웅을 바라보았다.

"그래, 무슨 일인가? 도대체 무슨 일이기에 허락도 없이 금지까지 올라왔던 거냐는 말일세."

힐난이 가득한 여상 진인의 물음에 벽하삼웅의 대형이 조심스럽게 사정을 설명하기 시작했다.

쾅-

서탁을 거칠게 내려친 여상 진인이 잔뜩 일그러진 표정을 지었다.

"도대체 정신이 있는 겐가, 없는 겐가? 기껏 나가서 한다는 짓이 도왕과 척을 지고 왔단 말인가!"

"그, 그것이… 도왕인지 미처 모르고……."

대형의 설명이 미진하다고 느꼈던지 막내인 길전이 황급히 부연 설명을 하고 나섰다.

"아예 도왕이라고는 밝히지도 않았습니다. 양의검문에서 조차 그를 단순히 일류고수라고만 알고 있었단 말입니다."

길전의 말에 여상 진인이 의아한 표정을 지었다.

"그가 그렇게 행동했단 말인가? 왜?"

"그냥 소란스러운 게 싫었답니다."

이번엔 다시 대형이 나서서 답했다.

"그만한 인사가 타 문파의 일에 개입하면서 신분을 숨겼다?"

문제를 삼으면 충분히 문제가 될 만한 일이다. 물론 상대가 그걸 물고 늘어지기엔 너무 위험한 상대라는 게 걸림돌이 되겠지만……

"예. 하지만 양의검문도 당가도 그걸 문제 삼진 않았습니다."

대형의 말에 여상 진인의 고개가 끄덕여졌다. 자신이라도 문제를 삼을 수 없었을 것이기 때문이다.

하지만 지금은 아니다.

도왕이 정말로 책임을 묻고자 태산파를 방문한다면 자신들이 피해 나갈 수 있는 길은 그것을 문제 삼는 것밖엔 방법이 없었다.

"그나저나 일반 무사들의 식당엔 왜 갔던 겐가?"

"그것은… 제가 쓸 만한 이들이 있는지 살펴보라고 보낸 탓이었습니다."

대형의 말을 여상 진인은 곧바로 알아들었다. 이들이 태산파를 내려갈 때 자신이 내린 명 중에 하나가 바로 인재의 발굴이었던 까닭이다.

 그렇다고 데려다 키울 어린 재목들을 찾으라는 뜻은 아니었다. 그런 아이들이야 지금도 태산파에 차고 넘치니까 말이다.

 그럼에도 불구하고 인재를 찾으라고 말했던 것은 일류급의 고수들, 특히 특정 사문이나 단체에 가입되지 않은 이들을 포섭하라는 의미였다.

 "흐음… 그래서 찾았던가?"

 이 와중에도 그걸 묻는다. 그만큼 태산파는 중간 고수들의 부족이 심각했던 것이다.

 "그것이… 몇몇을 찾긴 찾았는데……."

 그들을 포섭하고 앉아 있을 시간을 낼 수 없었다. 아니, 그럴 마음의 여유가 없었다.

 도왕의 신분이 밝혀진 이후, 도주할 기회를 보는 데 모든 시간을 할애한 까닭이다.

 벽하삼웅의 표정에서 대강의 사정을 눈치챈 여상 진인이 착잡한 표정으로 말을 이었다.

 "그럼 아무도 데려오지 못한 게로군."

 "송구합니다."

 대형의 말에 여상 진인은 눈을 감은 채 아무 말도 하지 않았다.

당장 주변의 이권을 지키기 위해 움직여야 할 일류고수들의 수가 부족했다.

이대로 가면 자신들의 이권을 주변 군소문파들에게 **빼앗**기는 참담한 일을 겪게 될 가능성이 높았다.

"큰일이로군. 고수들의 숫자는 계속 줄어들고 있으니……."

"여전한… 것입니까?"

대형의 물음에 여상 진인이 고개를 끄덕였다.

"그러하네. 태산을 벗어난 제자들의 실종이 끊이지 않으니……."

여상 진인은 뒷말을 잇지 못했다.

태산을 벗어난 태산파의 제자들이 실종되기 시작한 것은 어림잡아 십여 년 전으로 거슬러 올라간다.

이유는 오리무중이다.

그것을 파악하기 위해 태산파의 고수들 수십 명이 나섰지만 그들조차 흔적도 없이 사라졌다.

그쯤 되면 강호에서 관심을 가질 만한데, 태산파의 문제는 강호의 관심을 끌지 못했다. 그동안 태산파가 쌓아 온 은원이 너무 많았던 까닭이다.

옛 영광은 크고, 현실은 과거의 영광을 쫓아가지 못한다. 그런 상태에서 과거의 태도와 자세로 벌인 일들은 아집으로밖에 보이지 않았다.

태산파의 그 아집으로 피해를 본 사람들과 문파들의 수가 너무 많았다.

그 탓에 사람들은 그들이 쌓은 은원이 지금의 문제를 만들었다고 보고 있었다.

그렇기에 돕고 싶어 하지 않았다. 누군가가 자신들 대신 태산파를 징치하고 있다는 생각을 가진 까닭이었다.

"이런 상황에서 도왕이 들이닥친다면… 어찌합니까?"

걱정스런 대형의 물음에 여상 진인이 조심스럽게 답했다.

"다행히 현천검작이 머물고 있으니 그를 이용해 봐야겠지."

이것이었다. 태산파가 다른 이들에게 따돌림을 당하고 손가락질을 당하는 이유가.

그들은 자신들의 문제를 해결하기 위해 다른 이들을 이용했다.

그렇다고 양해를 구하고 도움을 청하는 것도 아니다. 그저 이름을 팔고 위세를 빌렸다. 당사자는 모르는 상태에서 말이다.

그런 일들이 자신들의 은원을 차곡차곡 쌓아 갔다는 것을 이들은 아직도 모르는 모양이었다.

† † †

태산은 오악 중 첫째로 꼽힌다. 계절로는 봄을 대표하며, 새로 황제가 된 이는 언제나 이 태산에 와서 하늘을 향해 봉선(封禪) 의식을 올렸다.

그만큼 태산의 정기는 맑고 영검했다.

그런 태산의 이른 아침은 도도한 영기와 자연의 기운으로 천지를 채우고 있었다.

"무당만큼 좋은 곳이 있을 줄은 미처 몰랐었군."

현천검작의 입에서 무당과 비교하는 말이 나올 만큼 태산의 기운은 맑고 영롱했다.

그렇게 천천히 태산의 기운을 느끼며 산책을 하던 현천검작은 한 장로가 산문을 지키러 나서는 제자들에게 당부하는 말을 우연히 듣게 되었다.

"외부인은 모두 돌려보낸다. 누구라도 발을 들여놓게 해선 안 될 것이다."

"알겠습니다."

순순히 복명하는 제자들의 답변이 마음에 차지 않았던지 장로는 다짐하듯 다시 말했다.

"상대의 지위 고하를 막론하고 하는 말이다."

"예, 장로님."

여전히 너무 대답이 쉽다고 생각했던지 장로는 직접적으로 상대의 이름을 거론했다.

"혹 도왕이나 도군, 또는 소문의 삼황이 방문해도 마찬가지다."

"그, 그분들도 돌려보내란 말씀이십니까?"

역시나 제자들은 상당히 놀란 음성으로 되물었다. 아마 장로가 직접 거론하지 않았다면 그들을 막아서지 않았을 듯싶었다.

"후~ 역시 말하길 잘한 듯하구나. 그래, 그분들도 돌려보내야 할 것이다."

"그래야 하는 이유가 있습니까?"

"언제부터 윗전의 명에 이유를 달았더냐?"

장로의 서늘한 음성에 이유를 물었던 제자가 황급히 고개를 숙였다.

"소, 송구합니다, 장로님. 하지만 그분들이 이유를 물으시면 어찌 답할지는 알아야 하겠기에……."

그 말이 나름대로 타당성이 있었던지 장로가 답을 했다.

"무당의 현천검작이 머물고 계시기 때문이라고 전하거라."

"상관없다 하시면… 어쩝니까?"

"현천검작께서 번잡한 걸 싫어하시기 때문에 어쩔 수 없다 하거라."

장로의 말을 이해했던지 제자들은 순순히 고개를 숙여 보이고는 산문으로 내려갔다.

하지만 정작 사람들을 돌려보내는 연유의 당사자가 된 현천검작은 이해가 가지 않는 표정이 역력했다.

자신이 번잡한 걸 싫어한다는 것은 맞다. 하지만 그것도 때가 있고, 장소가 있는 것이다.

남의 문파에 와서 타인의 출입을 금할 정도로 현천검작은 거만하지 않았다.

아니, 그럴 만큼 사람을 싫어하진 않는다는 것이 옳을 것이다. 더구나 지금은 사람들과 부딪치기 위해 우정 여행까지 떠난 마당이었다.

그런 상황에서 자신을 위해 사람들을 거부한다니, 태산파의 행사가 너무 앞서 가고 있다는 생각을 지울 수 없었다.

그것을 바로잡을 필요가 있다고 생각한 현천검작은 천천히 장문인의 거처로 발길을 옮겼다.

"못 들어간다고?"

"예. 송구합니다, 도왕 대협."

산문을 지키고 선 태산파 제자들의 답에 도왕은 믿기지 않는다는 표정이 역력했다.

천하의 도왕이다. 팽가의 태상가주라는 직함 하나만으로도 거부당할 입장이 아닌데, 강호십대고수의 수좌인 도왕이라는 이름으로도 출입을 거부당했다.

그 낯선 상황에 어이가 없어진 도왕이 연유를 물었다.

"무슨 이유인가?"

도왕의 물음에 태산파의 제자들은 눈치를 보며 답을 이었다.

"그, 그것이… 무당의 현천검작께서 와 계십니다."

"현천검작이면… 공명 진인?"

"예, 도왕 대협."

"그가 와 있는 거랑 내가 태산파를 들어가지 못하는 거랑 무슨 상관인가?"

"그게… 현천검작께서 번잡한 것을 싫어하시는 까닭에……. 송구합니다."

태산파 제자들의 답에 도왕의 표정이 잔뜩 일그러졌다.

"그러니까, 현천검작이 소란스러워할까 봐 날 올려 보낼 수 없다?"

"그, 그런 것이 아니오라……."

아니라고 말했지만 자신들의 말이 그 뜻임을 태산파의 제자들도 알고 있었다.

그 탓에 그들의 뒷말이 흐려졌고, 표정은 더없이 어두워졌다.

울화통이 치밀어 올랐지만 애꿎은 애송이들을 닦달할 수는 없었다. 거기다 싫다는 타 문파에 강제로 들어갈 수도 없다. 그렇게 하면 그게 바로 침입이 되고, 그건 곧바로 전쟁이 된다.

싫은 소리 몇 마디 하고 당사자 놈을 호되게 꾸중할 생각이었지, 태산파와 팽가를 싸움 붙일 생각은 없었다. 그것이 도왕의 발길을 돌렸다.
 "빌어먹을."
 욕설을 내뱉으며 돌아서는 도왕에게 벽사흔이 물었다.
 "그냥 가게?"
 "들어오지 말라는데 별수 없잖아."
 "그래도 여기까지 왔는데 그냥 가긴 웃기잖아. 옥황봉에라도 올라가 봐야지."
 "태산파가 올라오지 말라는데 옥황봉엔 무슨 수로 가?"
 "태산파랑 옥황봉이 무슨 상관이라고?"
 "태산은 태산파의 영역이야. 설마 몰라서 묻는 건 아니지?"
 도왕의 물음에 벽사흔이 콧방귀를 뀌었다.
 "지랄. 말 같지도 않은 소리. 태산은 자연의 것이야. 황제도 태산이 자신의 것이란 소리는 못하는데 강호의 문파가 무슨 수로 태산을 자신의 것이라 해. 어림없는 소리."
 "하지만 태산파가 태산에 자리를 잡고 있으니……."
 "웃기는 소리! 태산파의 경내로만 들어가지 않으면 그뿐이야. 막말로 진마벽가가 계림에 자리 잡고 있다고 계림이 다 우리 땅이라고 말하는 거 봤어?"
 "그, 그야……."
 없다. 그런 소릴 한다면 미친놈 소리 듣기 딱 알맞을 테니까.

"그런데 태산파는 태산이 다 지들 거라고 할 수 있어? 똑같은 거야. 지들 땅이라고 주장할 수 있는 곳은 태산파의 경내뿐이라는 거지."

다른 사람이 저런 말을 했다면 궤변이라고 말하겠지만, 벽사흔이 말하니 그게 진리 같았다.

하긴 밀역도 인정하지 않은 사람이다. 태산파의 이름으로 막기엔 너무 큰 상대였던 것이다.

저벅저벅 걸어 들어가는 벽사흔을 태산파의 제자들이 황급히 가로막았다.

"걸음을 멈춰 주십시오."

"알아. 태산파로는 안 갈 거니 걱정하지 마라."

그 말뿐, 벽사흔은 발길을 멈추지 않았다. 결국 서로 눈으로 뜻을 나누던 태산파의 제자들이 검을 뽑았다.

챙-!

"용서하십시오. 하나 더 이상 진입하시면 감히 검을 사용할 수밖에 없음을 알려 드립니다."

제법 호기롭게 외쳤지만 달달 떨리는 검이 애처로워 보였다.

그런 제자들을 바라보던 벽사흔이 시큰둥한 음성으로 물었다.

"너희 자객이냐?"

"무, 무슨 말씀을!"

"자객이 아니고서야 산을 오르겠다는 등산객에게 느닷없이 칼을 꺼내 들 리는 없을 게 아니냐?"

"그, 그야… 출입 통제에 응하지 않으셨으니……."

"출입 통제? 태산을 오르는 것을 통제한다?"

"그, 그렇습니다."

"누구 마음대로?"

"예?"

당황하는 태산파의 제자들에게 벽사흔이 물었다.

"누구 마음대로 태산을 오르는 걸 통제하냐고? 황제의 윤허라도 받았어? 아님 돈 주고 태산을 샀나?"

"그, 그게 무슨 말씀이신지……?"

"이해가 안 가나? 그럼 쉽게 설명해 줄 테니 잘 들어 봐. 내가 너희들 산문 앞에 오막을 짓고 이제부터 여긴 내 구역이니 아무도 통과할 수 없다고 말했다면?"

"그, 그건 억지입니다."

"왜?"

"저희 태산파가 먼저 자리를 잡았으니까요?"

"하지만 너희 태산파의 영역 바깥이잖아?"

틀린 말이 아니다. 문파의 영역은 산문 안쪽부터였으니까.

"그, 그렇지만 그 길은 예전부터 우리 태산파에서 사용하던 길이었습니다. 이제 와서 그걸 막는다는 건 어, 억지십니다."

"그럼 너희는? 설마 태산보다 너희가 먼저 이곳에 자리를 잡았다고 우길 생각인 거야?"

벽사흔의 말에 태산파 제자들의 얼굴에 당황감이 깊게 자리 잡았다. 반론을 제기해야 하는데 마땅히 할 말이 없었던 것이다.

그런 태산파 제자들을 위기에서 구해 주는 음성이 뒤에서 들려왔다.

"궤변이 심하십니다."

음성이 들리기 전부터 다가오는 그의 모습을 바라보던 벽사흔의 입가에 비틀린 미소가 깃들기 시작했다.

　모습을 드러낸 이는 태산파의 장문인인 여상 진인이었다. 그는 현천검작과 벽하삼웅을 대동하고 있었다.
　"궤변이라고? 어느 부분이?"
　"손님의 궤변이 성립되자면 무당이 자리 잡은 무당산을 무당의 허락 없이 오를 수 있어야 합니다. 가능하다고 보십니까?"
　슬쩍 뒤에 서 있는 현천검작을 일별하는 여상 진인은 자신의 논리가 승리할 것을 믿어 의심치 않는 눈빛이 역력했다.
　하지만…
　"당연하지. 그걸 말이라고 하나?"
　순간 여상 진인은 자신이 말을 잘못 들었나 싶었다. 그러나 주변인들의 표정으로 보아 결코 자신이 잘못 들은 게 아니라는 것을 알 수 있었다.

"지, 지금 그 말이 무엇을 뜻하는지 아시는 것입니까?"

"그럼 뜻도 모르면서 말을 할까."

"이, 이분이 누군지 모르시는 겁니까?"

당황한 탓인지 말까지 더듬는 여상 진인의 손끝을 따라간 벽사흔이 어깨를 으쓱여 보였다.

"알지. 공명, 오랜만이다."

마치 옆집 애한테 건네는 것 같은 인사였다. 천하의 무당, 그것도 현천검작이란 무림명으로 강호십대고수에 오른 이한테 할 수 없는 말투였다.

여상 진인은 생각했다. 이제 현천검작이 불같이 대노하며 검을 뽑는 일만 남았다고.

하지만 실제 상황은 그의 생각과 전혀 다르게 흘렀다.

"공명이 벽 가주님을 뵙습니다. 그간 강녕하셨습니까?"

대노는커녕 항의조차 없다.

아니, 항의는 둘째 치고 현천검작은 마치 윗사람에게 건네듯 정중히 포권을 취해 보였다.

그런 그와 자신을 멍한 시선으로 번갈아 바라보는 여상 진인의 모습에 벽사흔이 말했다.

"쟤, 혼란스러운가 보다. 하니 일단 답부터 하지. 내 말이 틀렸냐?"

벽사흔의 물음에 현천검작은 당혹스러운 미소를 지으며 답했다.

"벽 가주님의 말씀이 옳습니다. 무당산이 무당의 것만은 아니지요. 단지 무당산만을 오르고자 한다면 무당은 막을 수 없을 것입니다."

물론 누구나에게 통용되는 말은 아닐 것이다. 하지만 무극검황조차 자신의 눈앞에서 사질의 목을 베어 내도 그것을 막을 수 없을 것이라 말했던 사람이라면……

현천검작의 말에 퉁방울처럼 눈이 커진 여상 진인은 입을 벌린 채 아무 말도 하지 못했다.

그런 여상 진인에게서 시선을 거둔 벽사흔이 발걸음을 옮겼다.

태산파가 산문으로 삼는 중승에 발을 디디자 검을 빼 들고 있던 제자들이 장문인의 눈치를 봤지만 여상 진인은 너무 놀란 까닭인지 아무런 명도 없었다.

그 탓에 제자들은 갈등하다 그만 시기를 놓쳤다. 그사이 벽사흔이 중승을 완전히 지나 안으로 들어섰다.

"어이, 그 뒤에 있는 어린 새끼!"

손가락을 까딱이는 벽사흔의 말에 사색이 된 길전이 자신의 사형들을 바라보았다.

그 눈길에 마른침을 꿀꺽 삼킨 벽하삼웅의 대형이 길전의 앞을 가리고 나섰다.

"왜, 왜 부르십니까?"

상대가 이미 누구인지 알기 때문인지 애써 나선 대형의 다리는 사시나무처럼 덜덜 떨리고 있었다.

그런 그를 보며 피식 웃은 벽사흔이 다가가서 그의 얼굴을 옆으로 밀었다.

강호에선 있을 수 없는 일이다. 상대가 고수일지라도 얼굴에 손을 대게 내버려 둘 정도로 어리숙한 강호인은 없기 때문이다.

하지만 그런 일이 버젓이 벌어졌다.

반항해야 했지만 그것이 어떤 결과를 가져올지 장담할 수 없었던 벽하삼웅의 대형이 머뭇거리다 아무런 행동도 하지 못한 까닭이었다.

그렇게 대형이 밀려나며 드러난 길전의 앞을 둘째가 이를 악물며 막아섰다.

그간 벽하삼웅이 보였던 모습이나 그들에 대한 평가에 비해선 꽤나 인상적인 우애였다.

턱-

하지만 벽사흔의 도가 둘째의 어깨에 올려지면서 눈물겨운 우애는 힘없이 무너졌다.

도갑에 고이 들어 있는 도였지만, 그것에 담긴 거력에 둘째의 무릎이 꺾였던 것이다.

그렇게 다가서는 벽사흔을 잡은 것은 애처로운 여상 진인의 눈빛을 외면하지 못한 현천검작의 음성이었다.

"벽 가주님······."

"왜?"

돌아보는 벽사흔에게 현천검작이 애써 미소를 지으며 말했다.

"용서를······."

차마 뒷말을 잇지 못하는 현천검작의 말에 벽사흔은 고개를 갸웃거리며 물었다.

"너, 나한테 뭐 잘못한 거 있냐?"

"그, 그건 아닙니다만······."

"근데 용서받을 게 있어?"

"그게··· 제가 아니라 저 도우의······."

현천검작의 시선을 따라 길전을 바라본 벽사흔이 피식 웃었다.

"그럼 번지수가 틀렸다."

"예?"

"난 이놈하고 그다지 감정 없어."

"한데 왜 그 도우에게 다가서신 것인지······?"

"그냥 마음에 들지 않아서··· 앞으로 좀 꺼내 볼까 했지."

"무슨 말씀이신지?"

"사내새끼가 엄마 치마폭 뒤에 숨은 젖먹이 애새끼처럼 숨어 있잖아. 그게 꼴 같지 않았을 뿐이야."

"하오시면……?"

"앞쪽으로만 꺼내 놓을 생각이야. 물론 그 뒤에 저 인간이 어떻게 할진 모르겠지만……. 설마 죽이기야 하겠어? 대충 팔다리 하나쯤 떼어 내고 말겠지."

자신을 아래위로 훑으며 하는 벽사흔의 말에 길전은 숨넘어가기 직전의 표정이었다. 벽사흔이 '저 인간'을 들먹이는 순간 도왕이 싸늘한 미소로 그의 도를 쓰다듬는 것을 보았던 까닭이었다.

"그르르륵―"

결국 길전은 이상한 소리를 내며 그대로 기절해 버렸다.

"이놈, 뭐 이렇게 담이 약해?"

벽사흔의 투덜거림에 도왕은 피식 웃어 버렸다.

자신이 손을 쓴 건 아니지만 제집 앞마당에서, 그것도 제자들이 지켜보는 가운데 겁에 질려 혼절했으니 망신도 그런 망신이 없다.

그것만으로도 속이 시원했다. 더 이상 손을 대고 싶은 마음이 사라질 정도로 말이다.

그제야 벽사흔의 의중을 이해한 현천검작의 입가에도 미소가 깃들었다.

도왕이 무력을 행사하지 않고 문제를 해결했다. 다소 억지는 있었지만 벽사흔도 무력을 사용하지 않았다.

그런 이상 태산파도 물러설 여지가 남은 것이다.

물론 여상 진인의 도움 요청을 받은 현천검작 자신에게도, 그리고 자신이 언제나 등에 짊어지고 있는 무당의 이름에도 크게 누를 끼치지 않았다.

† † †

 돌아서는 벽사흔 등의 발길을 붙잡은 이는 예상외로 여상 진인이었다.
 그 덕에 사람들은 봉선 의식 때 황제나 누릴 수 있다는 옥황정에서의 다과를 경험할 수 있었다.
 "장문인의 배려 덕에 옥황정에서 차를 다 마셔 봅니다."
 현천검작의 인사에 여상 진인이 고개를 저었다.
 "옥황봉이 태산파의 것이 아니라는 말씀을 생각해 보았습니다. 그 안에 든 뜻을 이해해 보려 합니다."
 여상 진인의 말에 현천검작은 꽤나 놀랍다는 표정이었다. 그간 보여 온 태산파의 행사라고는 믿을 수 없을 만큼 깊은 자기 성찰을 포함하고 있었기 때문이다.
 "장문인의 득도를 감축드립니다."
 짙은 미소를 그린 현천검작의 말에 여상 진인이 겸연쩍은 표정을 지었다.
 "미처 알지 못했던 과오를 이제 하나 발견했을 뿐입니다. 득도라니요, 받잡기 민망한 말씀이십니다."

돌아오는 말투 또한 어제 그 사람이 맞을까 싶을 정도로 달랐다. 그것이 좋은지 현천검작의 미소는 이전보다 환해 보였다.

"과거 사백께서 제게 말씀하셨지요. '득도가 별것이더냐? 이전에 모르던 것을 새로 알게 된 것이 바로 득도이니라.' 그 말씀을 듣고 많은 것을 느꼈었답니다. 이제 감히 그 말을 장문인께 드리고자 합니다."

"도우의 사백이시라면······."

여상 진인의 물음에 현천검작이 고개를 끄덕였다.

"예. 무화자, 바로 무극검황이라 불리는 분의 말씀이십니다."

강호에선 이황으로 칭송되던 강자지만 도가에선 그 깨달음이 한없이 깊고, 높은 도인으로 숭앙 받던 이다.

그런 이였기 때문인지 무극검황의 가르침을 전해 받은 여상 진인은 경건한 표정으로 도호를 외웠다.

"무량수불······."

옥황봉에서 내려온 벽사흔 등은 여상 진인에게 잡혀 태산파에서 하루를 묵기로 했다.

길전이 정신을 차리면 정식 사과를 받고 가라는 여상 진인의 청 때문이었다.

호화찬란하지는 않았지만 정갈한 음식도 대접받았다.

잠자리도 좋았다. 현천검작처럼 벽사흔과 일행에게도 별원이 주어졌던 것이다.

다음 날 아침, 동이 터 오는 태산파의 경내를 걷는 벽사흔은 전날 현천검작이 느꼈던 감상을 그대로 느끼고 있었다.

그런 그에게 현천검작이 다가왔다.

"좋은 아침이지요."

현천검작의 인사에 벽사흔은 고개도 돌리지 않고 답했다.

"그래. 나쁘지 않네."

"떠나기가 아쉬울 지경이랍니다."

현천검작의 말에 그를 힐끗 돌아본 벽사흔이 고개를 저었다.

"아무리 좋아도 내 집만 못한 법이다. 넌… 더 돌아다녀 봐야겠다."

벽사흔의 말에 현천검작은 뭐에 한 대 얻어맞은 듯한 표정이었다.

"그, 그런 생각은 언제나 하고 있습니다."

당황한 듯한 현천검작의 변명에 벽사흔은 피식 웃었다.

"의(意)니, 념(念)이니, 행(行)이니, 굳이 그렇게 어렵게 꼬아 놓지 않아도 말이 뜻을 대변한다는 건 알지?"

"그, 그야……."

"말이 나온 것은 뜻이 그것에 있기 때문이야. 집에 가고 싶단 말보다 이곳이 참 좋다는 말이 먼저 나왔다면 그것이 네 뜻이라는 거지. 그렇다고 그게 잘못되었다는 말은 아니야. 네 감상에 충실한 게 잘못은 아니니까. 다만, 덜 깨달았다는 것을 말해 주고 싶을 뿐이야. 내 말 이해… 하나?"

벽사흔의 물음에 현천검작은 무거운 표정으로 답했다.

"예……."

"그럼 된 거야. 이해한다는 것은 발전할 가능성이 높다는 것이니까."

"그럴까요?"

"그럼. 그리고 깨닫지 못하면 어때? 못 깨달았다고 무당이 널 내칠 것도 아닌데."

벽사흔의 말에 현천검작의 입가에 희미한 미소가 깃들었다.

"하긴 그렇군요."

"그래. 원래 집은 그런 거다."

벽사흔의 답에 현천검작의 미소가 짙어졌다. 그런 현천검작을 바라보며 벽사흔도 마주 웃었다.

"돌아가거든 내가 밥값은 차고 넘치도록 했다고 전해라."

벽사흔이 말을 전하라는 이가 누군지를 단박에 이해한 현천검작이 물었다.

"소문은 생각하지 않으시는 것 같군요."

"뭐, 그 인간이 등선했다는 소문?"

"예."

"등선은 아무나 하냐? 그 인간은 걱정이 많아서 등선 못한다. 그리고 쌓은 내공이 너무 많다. 내가 볼 때, 자기가 가고 싶어도 몇 년은 꼼짝없이 묶여 있어야 할 거다. 뭐, 그래 봐야 삼사 년이겠지만."

벽사흔의 말에 현천검작의 입가에서 미소가 사라졌다. 그 말을 뒤집으면 삼사 년 안에 무극검황이 죽을 거란 뜻이기 때문이다.

그런 현천검작의 당황감을 짐작했는지 벽사흔이 말을 이었다.

"세상에 천년만년 사는 사람은 없다. 그 인간도 죽고, 나도 죽고, 언젠간 너도 죽겠지. 세상은 그런 거다. 그건 도사인 네가 더 잘 아는 것 아니냐?"

벽사흔의 말을 머리로는 이해하면서도 마음으로 받아들일 수 없었던 현천검작은 아무 말도 하지 않았다. 그런 그를 바라보며 벽사흔은 고개를 저었다.

"네놈, 그 인간 쫓아가려면 시간 많이 걸리겠다."

욕이라고 해도 좋을 그 말에도 현천검작은 여전히 아무 말도 하지 않았.

† † †

별원들이 들어선 접객원으로 돌아가던 벽사흔이 지나가듯

이 물었다.

"한데, 태산파의 제자들이 이렇게 적었나?"

좀 전의 대화를 되돌아보느라 굳은 표정으로 걷던 현천검작이 벽사흔의 물음에 답했다.

"그건… 저도 이상하다고 생각하는 중이었습니다."

외부에 알려진 태산파는 일천가량의 제자를 보유한 대문파였다. 하지만 경내에서 느껴지는 제자들의 수는 겨우 이삼백 정도.

아무리 외부 활동을 나간 제자들의 수가 많다 하더라도 남겨진 제자들의 수가 너무 적었다.

"그러고 보니 생각난 건데, 벽하삼웅인지 뭔지 하는 놈들, 여기 장로라면서?"

"예. 그리 알고 있습니다."

"무슨 장로의 실력이 겨우 그 정도지?"

아직도 화경 아래의 고수들은 잘 구별하지 못하는 벽사흔이었다.

그의 입장에선 초극이나 절정, 또는 일류나 이류, 삼류가 다 똑같아 보였다.

언제라도 손만 대면 목을 비틀 수 있는 것들. 그것이 그들에 대한 벽사흔의 평가였다.

물론 화경의 고수도 다르지 않았다. 그렇게 보면 미안한 이야기지만 현경이라는 도왕도 마찬가지다.

마음만 먹으면 언제라도 박살 낼 수 있다고 느꼈던 것이다.

 벽사흔의 생각을 완벽히 짐작하는 것은 아니었지만, 물음의 맥은 현천검작도 충분히 짐작할 수 있었다.

 "제가 듣기론 고수들의 수가 부족하다고 들었습니다."

 "왜? 한때는 꽤나 잘나갔던 문파라고 들었는데?"

 "황보세가와의 분쟁에서 너무 많은 것을 잃었지요. 황보세가도 마찬가지였습니다만… 굳이 손익을 따지자면 태산파의 손해가 더 컸습니다. 태산파는 진산절기의 절반을 잃었으니까요."

 "꽤나 거칠었던 모양이로군."

 "양쪽이 너무 가까웠습니다. 원래 황보세가가 머물던 곳은 여기서 백 리(약 40km) 정도 떨어진 제남이었으니까요."

 백 리, 경공을 사용하는 강호 고수들에겐 지척이나 마찬가지인 거리다.

 아마도 두 문파는 실시간으로 무사들을 투입하며 격전을 벌였을 것이다.

 "아! 그러고 보니 얼핏 들은 기억이 있군. 제남에 수군도독부가 들어서면서 황보세가가 떨려 났다고 말이야."

 황보세가의 사람이 들었다면 입에 거품을 물 소리였지만 틀린 말도 아니었다.

 황실이 제남에 수군도독부를 설치하면서 제남에 주둔하는

관군의 수가 부쩍 늘어났다.
 당연히 황보세가의 움직임은 크게 위축되었다.
 그 결과, 황보세가는 청도로 세가의 기반을 완전히 옮겨 버렸다.
 그리고 그때가 되어서야 태산파와 황보세가의 분쟁이 멈추어졌다.
 다른 지역처럼 이권을 적당히 안분할 수 있는 지리적 여건이 갖추어진 까닭이었다.
 "표현은 좀 다릅니다만… 결과는 말씀처럼 황보세가가 청도로 자리를 옮겼지요. 비로소 양측의 분쟁은 멈췄지만 피해들이 너무 컸습니다. 태산파도 그렇지만 황보세가도 다수의 고수를 잃어 오대세가에서 밀려나 버렸으니까요."
 당시 태산파는 벽하검작을 위시한 초극 이상의 고수들을 모조리 잃었다.
 마찬가지로 황보세가도 벽력권작을 위시한 고위 고수들 대부분을 잃어야 했다.
 당시의 충돌이 공식적으로 십대고수들이 맞붙은 가장 최근의 기록이다.
 여하간 그때 입은 손실을 양측은 삼십 년이 넘게 지난 지금도 메우지 못하고 있었다.
 그 덕에 아미가 기천약작을 내며 구파일방으로 끼어들었고, 사천당가가 일수독작을 앞세우고 오대세가의 일원이 되었다.

"아무리 그래도 수가 너무 적어. 좀 알아봤으면 좋겠단 생각이 들 정도로."

벽사흔의 말에 잠시 생각하던 현천검작이 고개를 끄덕였다.

"제가 알아보겠습니다."

"그럼 나보고 알아보라고 할 생각이었나?"

"그, 그건 아닙니다만……."

당황하는 현천검작을 바라보며 벽사흔이 혀를 찼다.

"쯧, 머리도 나쁜 데다 눈치도 없는 놈이라니……."

벽사흔의 야박한 평가에 현천검작은 울상이 되어 버렸다.

단숨에 현천검작을 머리 나쁘고 눈치 없는 놈으로 만들어 버린 벽사흔은 별원으로 돌아갔다.

하지만 할 일이 남은 현천검작은 태산파 장문인의 거처로 발길을 옮겨야 했다.

그로부터 한 시진 후, 벽사흔과 일행은 현천검작의 설명을 듣고 있었다.

"고수들이 사라진다고? 다른 이들과의 분쟁에서 죽는 게 아니라?"

"예. 처음엔 이들도 청도로 자리를 옮긴 황보세가의 짓인 줄 알았답니다. 하지만 조사 결과, 황보세가와는 무관한 것으로 밝혀졌답니다."

"그런 일이 벌어진 지 벌써 삼십 년이다?"

"예. 황보세가가 청도로 자리를 옮긴 지 딱 일 년 만에 시작된 일이라더군요."

"그래서 얼마나 남았다는데?"

"대략 사백가량이 남았답니다."

적은 수는 아니다. 하지만 태산파의 이름에 걸맞은 수와는 거리가 멀었다.

거기다 태산파에서 풍겨 나오는 기세는 그만한 수의 무사들이 뿜어내는 것이라곤 믿기 어려울 정도로 작았다. 그것이 벽사흔의 고개를 갸웃거리게 만들었다.

"그 정도로 많게 느껴지진 않았는데?"

기감을 제대로 읽을 줄 모르는 벽사흔이라지만 무예를 익힌 이들이 내는 특유의 느낌은 누구보다 잘 안다. 군대를 지휘하며 익힌 감각이기 때문이다.

그 탓에 멀리서 풍겨 오는 느낌만으로도 대략적인 적의 규모를 알아맞힐 정도였다.

그런 그가 태산파 경내 안에 머물면서 태산파 제자들의 수를 짐작하지 못할 리 없었다.

"그것이… 그 수의 절반이 아직 기본기도 채 떼지 못한 입문 제자들이랍니다."

비로소 이해가 되었는지 벽사흔의 고개가 끄덕여졌다.

"그랬군. 하면 제대로 된 무사들의 수가 한 이백 정도?"
"전체를 따지면 그렇지만, 이권을 지키기 위해 주변 분타로 나가 있는 제자들의 수가 반 정도랍니다."
"그럼 이곳에 남은 이들은 백?"
벽사흔의 물음에 현천검작이 고개를 끄덕였다.
"예, 그 정도 되는 모양입니다."
"한데 이 꼴이 될 동안 왜 다른 곳에 도움을 청하지도 않았대?"
벽사흔의 물음에 현천검작의 표정이 어두워졌다.
"그게… 응한 곳이 없었을 겁니다."
"어째 표정도 그렇고 말도 그렇고. 무당도 거절했던 모양이지?"
"예."
겸연쩍어 하는 현천검작의 답에 벽사흔이 물었다.
"이유가 있었을 것 같은데?"
"꽤나 오랜 시간 동안 태산파는 과거의 능력을 잃었다는 걸 자각하지 못했습니다."
"한마디로 힘도 없는 게 건방졌다는 말이로군."
"……."
직설적인 벽사흔의 표현에 현천검작은 아무 말도 하지 못했다.
하지만 벽사흔은 누군가를 비난하고자 꺼낸 말이 아니었

다. 강호라는 빌어먹을 세상이 그렇다는 건 익히 알고 있었기 때문이다.

그렇게 놓고 생각하면 그런 강호에서 살아가는 태산파의 상황은 자업자득인 셈이었다.

"그런데 그게 아직도 이어지나?"

"그런 모양입니다. 한데, 어찌 아셨습니까?"

"경내에서 피 냄새가 나. 이건… 마치 전쟁에 나가기 직전의 군인들 같은 기운이랄까. 피를 볼 준비가 된 이들이 있어."

벽사흔의 말에 현천검작은 꽤나 놀란 표정이 되었다.

"내일 조사단이 나간답니다. 벽하삼웅이 그 일을 맡기로 하였다고 들었습니다."

현천검작의 말에 벽사흔이 도왕을 돌아봤다.

"흥미… 없어?"

"흥미는 없다만, 재미는 있을 듯도 싶다."

입가에 감도는 미소가 비릿한 것이, 미지의 적을 상대하는 재미를 말하는 것은 아닌 듯싶었다.

"애 괴롭히려고?"

"적당한 훈계라고 하지."

도왕의 말에 벽사흔은 피식 웃어 보였다. 단지 그 때문에 나설 사람이 아니라는 것쯤은 알고 있었기 때문이다.

"너, 원래 이거에 관심 있었던 거지?"

벽사흔의 물음에 도왕이 겸연쩍은 웃음을 지어 보였다.
"아니라고 답하고 싶다만… 넌 안 속겠지?"
"속아 줄까?"
"됐다."
도왕의 답에 벽사흔은 다시 한 번 피식 웃어 보였다.

† † †

조사단에 벽사흔을 위시한 도왕과 도군은 물론이고, 현천 검작까지 합류하겠다고 밝히자 여상 진인은 기쁨을 감추지 못했다.
하지만 정신을 차리자마자 장문인의 성화에 떠밀려 도왕에게 사죄를 했던 길전의 입장에선 마른하늘의 날벼락 같은 일이었다.
"저, 저는 남으면 안 되겠습니까?"
애처로운 음성으로 묻는 길전에게 여상 진인은 여전히 감춰지지 않는 기쁨의 웃음을 달고 답했다.
"도왕 대협께서 자넬 꼭 데려가고 싶다 하시더군. 마음이 넓으신 분이니 많은 것을 배우고 오게."
자신의 귀에는 조사하러 다니는 내내 괴롭혀 주겠다는 말로 들리는데, 장문인인 여상 진인에게는 곁에 두고 가르쳐 보겠다는 의미로 들렸던 모양이다.

그걸 바로잡으려 수많은 노력을 기울였지만 모두 허사로 돌아갔다. 아니, 그도 모자라 여상 진인은 길전에게 도왕의 곁에 항상 머물며 가능한 한 많은 것을 배우라고 명을 내려 놓았다.

 그렇게 도살장으로 끌려가는 표정인 길전이 포함된 조사단이 태산파를 나섰다.

 그런 조사단을 배웅하는 여상 진인과 태산파의 제자들은 이번엔 흉수가 반드시 밝혀질 것이라는 기대에 잔뜩 부풀은 표정이었다.

 태산을 내려온 조사단이 제일 먼저 향한 곳은 제자들이 가장 많이 사라졌던 곡부(曲阜)였다.

 곡부는 태산에서 남쪽으로 삼백여 리(약 118㎞) 정도 떨어진 도시로, 공자의 고향이자 그의 묘와 그 후손들이 사는 장원이 있어 상당히 유명한 곳이었다.

 그곳으로 향하는 내내 길전은 도왕의 눈치를 보았다. 하지만 도왕은 그런 그에게 눈길조차 주지 않았다.

 도왕은 실제적으로 아무것도 한 것이 없었지만 그것만으로도 길전은 팽팽하게 당겨진 긴장에 지쳐 가고 있었다.

 그런 길전과 도왕을 번갈아 바라보던 벽하삼웅의 대형이 조심스런 음성으로 말했다.

 "곧 곡부입니다. 제자들의 흔적이 사라졌던 곳은 대부분

곡부의 초입이었습니다."

 그 말은 목격자가 거의 없다는 뜻이었다. 도시에 들어가야 사람들이 태산파의 제자들이 왔다는 걸 인식했을 테니까 말이다.

 "사람들의 이목을 신경 썼다?"

 도왕의 중얼거림에 그간 조용하던 도군이 말을 보탰다.

 "진면목은 감춰져 있지만, 겉은 드러나 있는 자들의 소행이란 소리로군."

 도군의 말에 도왕이 고개를 끄덕였다.

 "곡부에서 사람들의 이목을 신경 쓸 만한 곳이 있나?"

 도왕의 물음에 대형이 잠시 생각하더니 답했다.

 "곡부의 특성상 강호 문파는 한 곳도 없습니다. 대신 서원들은 두어 개가 존재하지만… 아시다시피 서원이란 곳은 서생들이 머물며 공부를 하는 곳이니……."

 무예를 익힌 이들은 없다는 말을 하고 싶었을 것이다. 그러나 벽사흔은 그 말을 중간에 잘랐다.

 "글을 익힌다고 해서 무예를 모른다고 생각하지 마라."

 아직도 기억에 생생하다. 조선에서 사신단을 호위해 온 장수들의 절반은 문관들이라 했다. 하지만 그들이 가끔 보인 무예는 언제나 명나라 장수들의 것보다 뛰어났었다.

 "설… 마요."

 믿지 않는 모양이었지만 애써 그 이유를 설명할 생각은 없었다.

그렇게 도착한 곡부의 입구에서 조사단에 포함된 태산파의 제자들이 분주히 움직였다.

그런 태산파 제자들을 물끄러미 바라보던 도왕이 길전에게 물었다.

"뭘 찾는 거지?"

"흐, 흔적입니다."

화들짝 놀라 답하는 길전을 힐끗 쳐다본 도왕이 물음을 이었다.

"무슨 흔적?"

"이곳에서 끊어졌던 제자들의 흔적입니다."

"도대체 언제 없어졌기에 지금 찾는 거지?"

"열흘 전에 이곳에서 소식이 끊긴 제자들이 있었습니다."

"열흘 전?"

자신들이 태산파에 도착하기 직전이다. 그 탓에 놀라는 도왕의 물음에 길전이 고개를 조아렸다.

"예. 주변을 탐문하라는 명을 받고 나온 제자들이었습니다."

"수는?"

"셋이었습니다."

"경지는?"

도왕의 물음에 길전이 답했다.

"일류 둘에, 이류 하나였습니다."

그다지 높은 경지의 고수들은 아니다. 하지만 그렇다고 쉽게 몰살시킬 수 있는 이들도 아니다.

훨씬 높은 경지가 위로 수두룩한지라 일류란 경지가 초라해 보일지 몰라도 일류는 결코 만만한 경지가 아니었다.

특별한 비전 심법이나 영약의 도움을 받지 않는다면 대부분 이십 년 이상 죽어라 무공만 파야 도달하는 경지가 바로 일류인 까닭이다.

거기다 일류 고수는 상당한 경험을 가진 이들이다.

무언가 반드시 완수해야 할 임무가 주어진 것이 아니라 단지 탐문뿐이었다면, 상대가 넘기 힘든 산이라 판단되는 순간 주저 없이 도주를 택할 정도의 유연성을 가진 이들이란 소리다.

그런 마음을 가진 일류고수를 잡자면 바로 윗단계인 상승의 일류로는 언감생심이다.

절정이 나서도 불가능. 적어도 세 단계 위인 초절정의 고수가 나서야 하는데, 그들도 단숨에 추적해 죽이는 건 불가능하다.

상대가 알면서도 도주를 하지 못할 정도의 격차라면 결국 초극이다.

하지만 경지의 이름에서 알 수 있듯이 초극은 한계를 극복한 이들이다. 수는 극히 드물다.

천하에 이름을 떨치는 대문파의 장로급이나 중급 문파의 문주 정도가 간신히 도달하는 경지다.

물론 태산파처럼 대문파 소리를 듣는 문파들 중에서도 보유하지 못한 곳도 있다. 그만큼 드문 고수다.

"하면 흉수는 초극 이상이란 소린데……."

대번에 상대의 경지를 집어내는 도왕의 음성에 벽하삼웅의 대형이 조심스럽게 말했다.

"주변에서 그만한 고수를 보유한 곳은 황보세가뿐입니다."

"그래서 그쪽을 의심했던 모양이군."

"예. 하지만 저희 태산파가 조사한 바에 따르면, 그들이 보유한 초극의 고수 둘은 거의 세가를 떠난 적이 없었습니다."

"이곳에 초극의 고수를 파견할 만한 능력을 가진 다른 문파는?"

"거리상으로는 북직례… 하북의 진주언가나 하남의 개방이 가능합니다만, 그들이 우리에게 위해를 가할 이유가 없습니다."

설명이 이어지던 가운데 태산파 제자 중 한 명의 들뜬 음성이 들려왔다.

"흔적을 찾았습니다."

곧바로 사람들이 그 제자에게 몰렸다.

"여기 이곳의 흔적이 벽하검법을 담고 있습니다."

제자의 말에 흔적을 살피던 벽하삼웅의 고개가 일제히 끄덕여졌다.

"맞습니다. 분명 벽하검법의 흔적입니다."

대형의 확인에 흔적을 발견한 태산파의 제자를 향해 도왕이 물었다.

"흔적을 추적할 수 있겠나?"

"주변을 둘러싸던 이들이 경공을 사용한 흔적이 엷게 남았습니다만… 얼마나 이어질지는 장담하기 어렵습니다."

"일단 가능한 데까지 가 보지."

도왕의 말에 태산파 제자의 시선이 벽하삼웅의 대형에게 향했다. 어쨌거나 조사단의 책임자는 그였기 때문이다.

"도왕 대협의 명대로 하거라."

"예, 장로님."

복명한 제자가 움직이자 그 뒤를 조사단 전체가 따르기 시작했다.

제63장
잘린 꼬리

흔적이 끝난 곳엔 한 장원이 들어서 있었다.
그 장원의 현판엔 용사비등(龍蛇飛騰)한 서체로 네 글자가 쓰여 있었다.

소수서원(紹修書院)

그 현판을 바라보는 조사단의 시선이 복잡했다. 다만, 벽사흔 한 사람만은 눈을 빛내고 있었다.
"아무래도 속임수인 모양입니다."
대형의 말에 도왕이 벽사흔을 바라보았다. 그가 했던 말이 마음에 걸렸던 까닭이다.

"어떻게 생각해?"

"뭘?"

"흔적이 이곳으로 이어진 거 말이야."

"흉수가 이곳에 있거나, 아니면 이곳을 지나간 것이겠지."

벽사흔의 답에 도왕이 물었다.

"이 친구의 말처럼 속임수일 수도 있지 않을까?"

도왕의 말에 벽사흔이 어깨를 으쓱여 보였다.

"그럴 수도 있지. 하지만 나라면 굳이 서원을 속임수의 대상으로 삼을 것 같진 않은데. 차라리 강호 문파이거나 관부라면 모를까."

듣고 보니 틀린 말이 아니다.

애써 흔적까지 남기며 속임수를 쓰려면 자신들 대신 의심을 뒤집어쓸 만한 곳이어야 했다.

하지만 서원으로 연결된다면… 의심은커녕 가졌던 의심도 걷어 내야 할 판이다.

"그럼… 이곳이라고 생각해?"

"그거야 찔러보면 나오겠지."

"찔러본다고? 어떻게?"

"저놈들에게 담을 뛰어넘어 보라고 해 봐. 그럼 알게 되겠지."

벽하삼웅을 비롯한 태산파 제자들을 일별하는 벽사흔의 말에 사람들의 눈이 커졌다.

서원은 관부의 허락하에 세워지는 것이다. 민간 시설이니 일반적인 학당처럼 생각하면 큰 오산이다. 서원은 곧바로 정치 집단과 연결되기 때문이다.

이른바 문관들의 출신처가 되는 것이다.

오죽하면 서원 파벌이라 불리는 정치 파벌들이 존재할 정도였다.

그런 서원의 담을 넘었다가 발각이라도 되는 날엔… 해당 서원 출신 관인들이 모조리 들고일어날 것이다.

그 후폭풍은 무림문파가 감당하기엔 결코 만만치 않을 터였다.

"정말이야?"

걱정스런 도왕의 물음에 벽사흔이 덤덤하게 답했다.

"아니면 다른 방법 있어?"

되묻는 벽사흔의 말에 도왕은 입을 다물어야 했다.

결국 대안을 제시하지 못한 이들은 벽사흔의 방법에 동의했다.

다만, 대상이 대상이니만큼 밤을 도와 시도해 보기로 하고 일단 조용히 물러났다.

조사단은 간단한 요기와 잠자리를 해결할 겸 근처 객잔으로 들어섰다.

누가 곡부 아니랄까 봐, 객잔의 주인은 물론이고 점소이들까지 서책을 들여다보고 있다가 손님을 맞았다.
"무엇을 드릴까요?"
제법 의젓해 보이는 점소이의 물음에 도왕이 미소를 지으며 답했다.
"아직 해가 저물기 전이니 소채와 소면으로 하자꾸나. 참! 그리고 우리가 머물 정도의 방들도 준비해 다오."
"예, 대협."
주문을 받은 점소이는 종이에 주문 내용을 적어 주방으로 그것을 들이밀었다.
점소이가 글을 쓸 줄 안다니. 다른 지역이었다면 볼 수 없는 광경임에 분명했다. 그리고 그렇게 쓰인 글을 주방 요리사가 볼 것이란 의미였다.
"허허, 이것 참… 글을 아는 점소이와 주방장이라니. 오래 살고 볼 일이야."
반쯤은 놀라고, 반쯤은 어이없어 하는 도왕의 음성에 사람들의 고개가 절로 끄덕여졌다.
얼마 지나지 않아 나온 음식의 맛은 글로 주었던 것의 몇 배는 상회하고도 남을 충격을 안겨 주었다.
"도대체 이런 실력으로 장사를 한다는 게 믿기지 않는군."
도왕의 평가에 사람들은 이번에도 고개를 끄덕였다.
너무 볶아 흐물흐물해진 소채는 둘째 치고, 소면의 국물은 맹물이라 해도 믿을 만큼 싱거웠다.

오죽하면 음식 타박 없기로 유명한 무당의 도사인 현천검작이 국수를 반이나 남기고, 소채는 딱 한 번 집어 먹었을 정도였다.

그리고 보면 그걸 꾸역꾸역 다 먹는 벽사흔이 대단했다.

"비위도 좋다."

칭찬인지 야유인지 모를 도왕의 말에 벽사흔이 답했다.

"굶는 것보단 나으니까."

벽사흔의 말에 도왕은 작게 미소 지었다.

틀린 말은 아니지만 그런 생각이 들 정도로 굶주리지도 않았던 것이다.

여하간 음식을 모두 먹어 치운 이는 벽사흔뿐이었다.

상을 치우러 온 점소이가 그런 벽사흔을 잠시 바라보고 돌아갔다.

그리고 차가 나왔다.

하지만 단 한 명, 벽사흔에겐 차와 함께 묘한 모양의 음식이 하나 더 나왔다.

"주방장께서 보내시는 감사의 마음입니다."

"감사? 무슨 감사?"

벽사흔의 물음에 점소이는 작은 미소를 지으며 답했다.

"음식을 대하는 마음에 대한 감사라 하셨습니다."

도대체 그 말에 담긴 뜻을 알지 못하는 사람들이 고개를 갸웃거릴 때, 벽사흔이 자신에게만 나온 음식을 함께 딸려

나온 작은 수저로 떠서 입에 넣었다.

"오호!"

짧은 감탄사였지만 사람들의 호기심을 끌기엔 충분했다.

"왜? 그것도 역시야?"

"맛이 없어?"

도왕과 도군의 물음에 벽사흔이 싱긋 웃었다.

"내가 먹어 봤던 음식 중엔 최고인 거 같은데."

"저, 정말?"

놀란 도왕의 물음에 벽사흔이 수저를 내밀었다.

"직접 확인하든가?"

잠시 갈등하던 도왕이 수저를 건네받아 조금만 떠서 입에 넣었다.

"이, 이게 무슨……!"

놀란 눈으로 말을 잇지 못하는 도왕에게서 수저를 빼앗듯 가져간 도군이 맛을 보았다.

"세상에!"

도군마저 감탄사를 내뱉자 현천검작이 슬그머니 도군의 손에서 수저를 빼내 조금 남은 음식을 떠먹었다.

"흐음……."

침음이 흘렀다.

도대체 어떤 맛이기에 사람들이 그러는지 벽하삼웅을 비롯한 태산파 제자들은 궁금한 표정 일색이었다.

그런 와중에 도왕과 도군, 그리고 현천검작이 벽사흔을 동시에 노려봤다.

"왜?"

"거짓말을 하다니!"

"내가 무슨 거짓말을 했다고 그래?"

"네가 먹어 본 음식 중에선 최고라면서?"

"그래, 내가 먹어 본 음식 중에선 최고로 맛이 없다고. 왜, 내말이 틀려?"

"이익!"

분해하는 도왕의 표정에, 벽하삼웅과 태산파 제자들 사이에서 억눌린 웃음소리가 새어 나왔다.

"큭."

"크큭."

순간 사나운 도왕의 시선이 그들을 훑었다.

"그래, 웃어. 이빨 보이는 놈들은 모조리 옥수수를 털어다 짤짤이를 해 버릴라니까."

사나운 음성에 사색이 된 벽하삼웅과 태산파 제자들이 도왕의 시선을 피해 황급히 고개를 숙였다.

† † †

어둠이 내린 거리를 일단의 그림자들이 빠르게 움직였다.

지리를 잘 아는 듯이 좁은 골목과 골목을 타고 뛰는 모습이 상당히 익숙해 보였다.

 그렇게 움직인 그림자들이 일제히 공중으로 날아올라 한 건물로 뛰어들었다.

 하지만 어떤 소음도 울리지 않았다. 지붕을 뚫거나 창문을 깨고 뛰어든 것이 아니라, 마치 그들을 기다렸다는 듯이 열려진 창문과 들춰내진 기와로 인해 드러난 구멍으로 스며들듯 들어간 까닭이었다.

 서걱-

 그들이 스며들자마자 섬뜩한 절삭음이 흘러나왔다. 그리고 사위가 조용해졌다.

 길게 누운 복면인의 시체를 바라보는 벽사흔의 표정이 좋지 않았다.

 체질상 누군가에게 노려지는 것을 극도로 싫어했기 때문이다.

 물론 그런 일을 좋아할 이들은 없겠지만…….

 벽사흔의 방으로 들어서던 도왕이 복면인의 시신을 보며 고개를 저었다.

 "자살하러 들어온 놈이로군."

 벽사흔의 방으로 들어왔으니 도왕의 평가가 잘못된 건 아니다. 물론 자객들이야 알고 들어온 건 아니겠지만 말이다.

"다른 방은?"

"나나 도군, 현천검작이야 상관없었지만……."

"많이 당했나?"

"넷. 낌새를 채고 움직였을 땐 이미 시작된 후라……."

애초에 조사단에 포함된 태산파 제자들의 수는 여덟이다. 물론 벽하삼웅을 빼고서.

"벽하삼웅인가 하는 놈들은?"

"자객 둘을 잡았더군. 대신 둘째가 피를 봤어. 당분간 한 팔은 쓰기 힘들 거야."

절정 셋이 모여 있는 곳을 자객 둘이 쳤는데 오히려 하나가 피를 보았다. 그 말은 자객들의 능력이 그들 이상이란 소리다.

자신을 바라보는 벽사흔에게 도왕이 어깨를 으쓱해 보였다.

"죽은 놈들의 경지를 정확히 확인할 방법은 없어."

상대의 경지를 파악하는 가장 좋은 방법은 내력의 양을 가늠하는 것이다.

문제는 죽으면 내력이 곧바로 흩어진다는 것이다. 하니 생전에 어느 정도의 내력을 쌓았었는지 알아낼 방도가 사라지는 셈이었다.

"추측은?"

"초절정. 둘 다는 아니고."

"그럼?"

"하나는 절정일 가능성이 커. 둘 다 초절정이었다면 벽하삼웅이 당했겠지."

그것만으로도 놀라긴 충분했다. 상대가 누군지는 모르지만 초절정에 이른 뛰어난 고수를 자객으로 동원할 정도의 능력을 갖췄다는 뜻이니 말이다.

"선수를 쳤는데 실패라……."

벽사흔의 중얼거림에 도왕이 답을 했다.

"우리 쪽 전력을 제대로 파악하지 못했다는 소리겠지. 아마 이전에 투입되었던 태산파 제자들 정도로 생각했던 모양이야."

도왕의 말에 벽사흔의 고개가 끄덕여졌다.

"그럼 이번엔 우리 쪽에서 가 보지."

"설마… 정말로 소수서원이 범인이라고 생각하는 거야?"

"그거야 가 보면 알겠지?"

"직접… 가려고?"

"애들을 보내서는 안 될 것 같으니까."

"그들이 범인이라면 그렇지만……."

여전히 소수서원이 범인이라는 추측에 동의할 수 없는지 회의적인 기색이 가득한 도왕에게 벽사흔이 말했다.

"만사 불여튼튼이라고 생각해."

벽사흔의 말에 도왕은 마지못한 표정으로 물러났다.

조금 더 어둠이 짙어진 거리를 그림자가 날듯이 달렸다. 다만, 이전과는 방향이 정반대다.

 하나, 둘, 셋, 넷. 언뜻 스친 그림자의 숫자다. 그 그림자들이 일제히 소수서원의 담을 뛰어넘었다.

 반응은 즉각적이었다.

 기관에 의해 작동되는 암기들이 담을 넘은 이들에게 쏟아졌다.

 달빛에 끝이 반들거리는 것을 보니 암기들마다 극독이 발라진 것이 분명했다.

 전후좌우.

 몸을 피할 공간을 주지 않고 쏟아지는 암기 세례 속에서 그림자 넷이 마치 연기처럼 빠져나갔다.

 퍼버버버벅!

 목표를 상실한 암기들이 사나운 소리를 남기며 애꿎은 벽에 깊숙이 틀어박혔다.

 하지만 위험은 아직 끝나지 않았다.

 쐐세세세섹!

 모골이 송연해지는 음향과 함께 그림자들이 통과하는 땅을 뚫고 요요한 빛을 뿌리는 창들이 튀어 올랐다.

 투황-

 그림자들의 주변으로 거친 바람 소리가 울렸다. 그리고 그림자들의 속도가 이전에 비해 배는 더 빨라졌다.

쐐애애액-

위로 튀어 올랐던 창들이 호선을 그리며 앞쪽으로 쏟아져 내렸다.

퍼버버버벅-

간발의 차이로 통과한 그림자들의 뒤로 그렇게 쏟아진 창들이 땅에 날카로운 머리를 처박는 음향이 꼬리를 물었다.

담을 넘은 직후 숨 두어 번 몰아쉴 동안 통과한 거리가 자그마치 이십여 장(약 60m)이다. 그제야 비로소 사람의 음성이 들려왔다.

물론 반가워하는 소리는 아니었다.

"쳐라!"

누군가의 음성이 떨어지기 무섭게 도처에서 무사들이 쏟아져 나왔다. 특이한 점은 그 흔한 함성조차 지르지 않는다는 것이었다.

그 상태에서 그림자들과 무사들이 부딪쳤다.

서걱-

네 방향에서 절삭음이 들렸다.

그리고 그것은 섬뜩함을 이끌며 끝없이 울려 나왔다.

반대로 비명은 들리지 않았다.

어둠 속에서 간혹 들리는 것은 숨이 끊어지며 미처 막지 못한 몇 번의 신음뿐이었다.

그 침묵의 소란이 끝났을 때, 벽사흔의 등 뒤에 남겨진 것은 거의 백여 명에 달하는 복면인들의 시신들이었다.

그 모습에 눈살을 찌푸리며 안으로 들어가려는 벽사흔을 도왕이 잡았다.

'왜?'

그 의미를 담았을 눈빛에 도왕이 고개를 저었다.

"기감이 없다. 안엔 사람이 없어."

도왕의 말에 벽사흔의 눈빛이 가라앉았다.

"그럼… 이들이 서원에 있던 유일한 사람들이라고?"

"아마도."

"복면을 하고?"

벽사흔의 물음에 도왕은 그저 어깨를 으쓱해 보였을 뿐이다.

이유를 알 순 없지만 자신들이 죽인 복면인들 외엔 지금 서원은 텅 비어 있었다.

그 탓에 도군과 현천검작의 표정도 좋지 않았다. 마치 뭔가 깊은 수렁에 발이 빠진 느낌이 든 까닭이었다.

"서둘러 나가는 게 좋겠어."

도왕이 말하기 전에 벽사흔의 시선이 서쪽을 향하고 있었다.

다가오는 기운은 익숙했다. 무장한 군대가 내뿜는 군세.

벽사흔이 고개를 끄덕인 순간 네 사람의 신형이 마치 연기처럼 사라져 버렸다.

그렇게 네 사람이 떠난 후 얼마 안 돼서 무장한 관군들이 서원으로 들이닥쳤다.

† † †

다음 날 곡부 전체에 난리가 났다. 곡부 이대 서원 중 한 곳이 피바다로 발견된 까닭이었다.

관부는 그곳에서 백여 명의 학사들이 시신이 된 채 발견되었다고 발표했다

"학사?"

되묻는 도왕에게 길전이 고개를 조아려 보였다.

"예. 분명 그리 방이 붙었습니다."

소문만 난 게 아니라 방까지 붙었단다.

관부가 원래 그렇게 신속한 곳이었나 싶을 만큼 빠른 처리였다. 아니면……

"미리 준비해 놓은 것 같지 않아?"

도왕의 물음에 벽사흔이 답했다.

"움직임으로 봐서는……. 문제는 소수서원의 배후다. 흔적을 찾을 수 있겠나?"

벽사흔의 시선을 받은 이는 일전에 흔적을 찾아 그들을 소수서원으로 안내했던 태산파의 제자였다.

"혀, 현장을 볼 수 있다면… 가능하리라 생각합니다."

당황해서 답하는 태산파 제자에게서 시선을 돌린 벽사흔이 길전에게 물었다.

"소수서원은?"

"아직 관병들이 머물고 있습니다. 하지만 관례상 오래 머물지는 않을 것입니다."

이젠 묻는 말에 답도 잘하고, 눈치도 덜 본다.

적응력이 뛰어나다고 해야 할지, 아니면 담이 커졌다고 해야 할지 잘 모르겠지만 습격을 받은 이후 분명 길전은 변했다.

그런 길전을 지그시 바라보던 벽사흔이 물었다.

"복수… 하고 싶은 모양이구나."

벽사흔의 말에 길전이 고개를 숙였다.

도왕의 판단과 달리 벽하삼옹의 둘째는 오른팔을 완전히 잘라 내야 했다.

그의 팔에 상처를 낸 무기가 녹이 슬어 있던 것을 몰랐던 까닭이다.

날이 잘 들지 않음에도 불구하고 녹슨 무기를 사용하는 것은 어떻게든 상대에게 심각한 타격을 주고자 하는 이들뿐이다.

빗맞아도 미리 대비하지 않으면 상처 부위가 썩어 들어가고, 내력만 믿고 치료를 늦출 경우 자칫 목숨까지 날아가기 때문이다.

물론 이번처럼 빠르게 상황이 악화되진 않는다. 그렇게 되기 위해선 이미 병에 걸린 이의 피가 그 녹슨 무기에 발라져 있어야 했다.

듣기로 벽하삼웅의 둘째가 그 칼을 맞은 것은 위기에 처한 길전을 구하려고 무리한 탓이라고 했다.

"사내새끼라면 그만한 독기는 있어야겠지."

벽사흔의 말에 호통을 들을까 싶어 숙여졌던 길전의 고개가 들렸다.

"도와… 주시겠습니까?"

"복수는 남의 손으로 하는 것이 아니다."

차가운 벽사흔의 음성에 암울하게 변하던 길전의 눈빛이 이어진 말에 번뜩거리며 살아났다.

"대신 배후는 함께 찾아보마."

"감사합니다, 대협."

길전의 인사에 벽사흔은 아무 말도 하지 않았다. 어차피 찾아야 하는 배후인 까닭이었다.

하루가 그냥 흘렀다.

"관군이 철수했습니다."

길전의 보고에 사람들은 곧바로 움직였다.

혹시 관군이 돌아올 것에 대비해 태산파의 제자 둘이 망을 보는 가운데, 서원 안으로 들어선 이들은 추적을 담당한 제자를 중심으로 빠르게 조사를 진행했다.

"여기… 조금 다른 흔적입니다."

"달라? 어떻게?"

바짝 다가선 길전의 물음에 태산파의 제자가 재빨리 답을 했다.

"주변의 흔적들과 완벽히 다릅니다. 이건 무공의 근원이 틀리기 때문입니다."

"어떻게?"

"이건… 관부의 무공입니다."

"그렇게 확신하는 이유는?"

벽사흔의 물음에 추적을 맡은 태산파의 제자가 답했다.

"이 흔적처럼 사선으로 강하게 내려찍는 초식은 강호 무공엔 존재하지 않습니다. 이건 갑주를 입은 적을 치기 위해 관부인들이 익히는 대표적인 초식입니다."

흔적만 보고서 그걸 알아낸다는 것이 신기했던지 이채를 띤 벽사흔이 물었다.

"그럼 어떤 초식이 쓰인 것인지도 알 수 있나?"

"극부망혼(戟斧亡魂). 군에서 장교들에게 가르치는 가장 대표적인 무공입니다. 더구나 이 흔적의 깊이로 봐서는 고의적으로 펼쳐 보인 것입니다."

"고의적이라면……?"

"혼돈을 줄 목적이거나… 누군가를 가르치기 위해 시범을 보였거나… 둘 중 하나입니다."

"네 생각은?"

벽사흔의 물음에 추적을 맡은 태산파의 제자는 잠시 생각해 보더니 답했다.

"후자입니다."

"왜 그렇게 생각하지?"

"흔적이 생긴 시간대가 아무래도 며칠 전 같기 때문입니다."

며칠 전이라면 자신들이 오기 전이다. 굳이 혼란을 줄 요량으로 이런 흔적을 남길 필요가 없던 시기에 생겼다는 뜻이었다.

"확신하나?"

틀리면 책임을 묻겠다는 뜻이 물씬 풍겨 나오는 벽사흔의 물음에 추적을 맡은 태산파의 제자는 확고한 음성으로 답했다.

"확실합니다."

그의 답에 벽사흔의 표정이 굳었다.

극부망혼. 벽사흔 자신도 잘 아는 무공이다. 유명한 만큼 흔히 사용된다.

하지만 배울 수 있는 이들은 그리 흔하지 않다. 최소한 금의위라 불리는 황제의 친군에 소속된 교위들이거나, 한때 자신이 지휘했던 어림군의 장교들뿐이다.

그러나 그들은 군인이다. 자객 짓 따위를 하느니 차라리 군복을 벗을 골수 군인들인 것이다.

그럼 남은 것은…….

벽사흔의 머리가 복잡해졌다.

관과 무림의 관계를 말할 때 가장 흔하게 사용하는 말이 불가침이다. 서로 침범하지 않는다는 것이다.

하지만 그것이 다가 아님을 벽사흔은 안다. 무림의 일에 영향력을 끼치기 위해 황실 직속으로 조직된 서창(西廠)이란 비밀 기관의 존재에 대해서도.

"잠시 다녀올 데가 있다."

한참의 생각 끝에 불쑥 내뱉는 벽사흔의 말에 도왕이 걱정스레 물었다.

"어딜?"

"이 일에 대해 물어볼 만한 곳."

그게 어디냐는 말은 묻지 못했다. 벽사흔의 표정이 너무 어둡고 무거웠기 때문이다.

제64장
보기 싫은 얼굴

아침에 산동에 있던 벽사흔이 점심나절 모습을 드러낸 곳은 어이없게도 자금성이었다.

산동의 곡부와 자금성이 있는 북경 간의 거리를 생각하면 도저히 이해할 수 없는 광경이었지만 벽사흔은 분명 자금성에 모습을 드러내고 있었다.

자금성은 이전과 다를 바가 없었다. 벽사흔의 앞을 가로막는 병사도, 환관도 없었다.

평소와 다른 점이라면 소위 장군이라 불릴 만한 고위 무장들이 눈을 씻고 찾아봐도 보이지 않는다는 것이었다.

그렇게 한산해진 자금성을 걸어 벽사흔이 도착한 곳은 동창이었다.

동창의 건물 안으로 들어서는 벽사흔을 알아본 환관들이 황급히 빠져나갔다. 반면 너무 안쪽에 있어 미처 빠져나가지 못한 환관들은 곧장 허리를 숙였다.

"양 공공?"

"태, 태화전에 계십니다요."

동창 제독은 환관들의 우두머리인 제독태감에게 따라오는 당연직이다.

제독태감은 대부분의 시간을 황제의 곁에서 보낸다. 황제의 곁을 지키는 호종태감 역시 제독태감에게 따라붙는 당연직이기 때문이다.

"좀 불러와 봐."

"폐, 폐하께서 계시온데, 어찌……?"

"내가 와 있다고 귀띔하면 알아서 방법은 찾겠지."

"하, 하나……."

여전히 주저하는 환관을 보며 벽사흔이 덤덤한 음성으로 물었다.

"선택해. 첫째, 불러온다. 둘째, 뒈진다. 셋째, 자살한다. 뭐할래?"

한때 사신의 이름을 따라다니던 살생삼문(殺生三問)이다. 담담한 어투라고 허투루 들었다간 정말로 죽는다.

언젠가 웃으며 묻는 말에 미처 사태 파악 못하고 답은 않고 마주 웃었던 구문제독의 목이 황제가 보는 앞에서 잘려 나간 적이 있었다.

그날, 황제는 구문제독을 역적으로 공표했고, 어림대장군이 추천하는 이를 신임 구문제독에 앉혔다.

그 사건 이후, 황궁 안에서 어림대장군의 살생삼문에 답하지 않는 이는 아무도 없었다.

"부, 불러오겠습니다요."

"역시 네놈들은 똑똑해."

칭찬인지 욕인지 알지 못할 말에 고개를 조아리는 환관에게 벽사흔의 호통이 떨어졌다.

"여기서 부르면 태화전까지 들리냐?"

"예?"

"안 가고 있기에 묻는 거다."

"아! 가, 갑니다요."

화들짝 놀란 환관이 뛰어나가는 것을 본 다른 환관들이 더욱 몸을 낮췄다.

그런 이들을 바라보며 벽사흔이 물었다.

"요새 찻값 많이 올랐냐?"

누구를 콕 찍어 물은 게 아니어서 실내에 있던 모든 환관들은 눈치를 보느라 정신이 없었다. 결국 남은 이들 중 지위가 가장 높은 환관이 답했다.

대개 이런 경우에는 낮은 놈이 뒤집어쓰는 것 아니냐고?

그랬다간 무사히 살아나갈 수 없다. 자신을 무시하냐고 패악을 부리기 때문이다.
 "아, 아닙니다요."
 "그럼 내가 우스워?"
 "어, 어찌 그런 천부당만부당한 말씀을……."
 "차 한 잔 안 주기에 묻는 거다."
 "아! 드, 드려야죠. 뭐, 뭣들 하느냐, 어서 차를 올려라."
 그의 명에 나머지 환관 전체가 차를 끓인다고 난리도 아니었다.
 이런 경우 괜히 멍하니 서 있다간 요령 피운다며 차가 나올 때까지 괴롭힘을 당할 공산이 컸기 때문이다.
 예전부터 그랬다. 어림대장군은 환관들에겐 유독 심하게 굴었다.
 오죽하면 어림대장군 때문에 못살겠다는 유서를 쓰고 자살한 환관들도 적지 않았다.
 그럼에도 환관을 향한 어림대장군의 패악은 누그러지지 않았고, 환관들이 죽음으로 쓴 유서를 본 황제는 그저 '허허' 거리며 웃을 뿐이었다.
 결국 환관들은 살기 위해선 허리를 굽히고 무조건 말을 듣는 수밖에 없다는 결론을 내려야 했다.

 자금성에서 황제가 대신들을 만나 정사를 논의하던 곳은 크게 세 곳이다.

문화전(文華殿)과 무영전(武英殿), 그리고 태화전(太和殿)인데, 이들 중 가장 큰 규모를 가진 태화전은 주로 커다란 행사가 있을 때만 사용하던 전각이었다.

그런 태화전에서 어전회의가 열린 이유는 일 년에 한 번 있는 문무백관의 등청 회의가 있는 날이었기 때문이다.

길게 늘어선 문관과 무관들이 차례로 황제에게 보고를 올리는 동안 그 곁에 서서 시종을 서던 양 공공은 조심스럽게 다가온 태감의 귓속말을 듣고는 낯빛이 굳었다.

그 상태에서 잠시 황제의 눈치를 보던 양 공공은 좌첩형인 유 공공을 대신 세워 두고는 조심스럽게 태화전을 빠져나왔다.

워낙 긴 시간이 소요되는 회의이기 때문에 가끔 소피를 보기 위해 대신들이나 환관들이 물러나기도 하기에 양 공공의 행동을 이상히 생각하는 사람은 아무도 없었다.

그렇게 태화전을 빠져나온 양 공공은 잰걸음으로 동창이 사용하는 전각으로 향했다.

"오, 오셨습니까?"

들어가는 순간부터 고개를 숙인 양 공공에게 돌아온 음성은 그다지 호의적이지 않았다.

"이 자식이, 여전히!"

순간 자신이 무엇을 실수했는지 떠올린 양 공공이 황급히 고개를 조아렸다.

"소, 송구하옵니다요."

이전보다 확실히 가늘고 높아진 목소리였다. 그제야 눈에서 힘을 푼 벽사흔이 말했다.

"네 소임과 위치를 잊지 마라. 잊으면 어찌 된다고?"

"주, 죽음뿐이옵니다요."

"그래, 절대로 잊지 말거라."

"예이~"

충실하게 환관의 모습을 보이는 양 공공을 보며 피식 웃은 벽사흔이 지나가는 말로 물었다.

"그 양반은 여전하시냐?"

천하의 어림대장군이 유일하게 존칭을 쓰는 사람은 자금성의 주인이자 대명의 주인이다.

"가, 강녕하십니다."

"애새낀?"

벽사흔의 물음에 양 공공은 황망한 음성으로 답했다.

"태, 태자 전하께오서도……."

"나머지 애새끼들은?"

"화, 황자 전하들께오서도 역시……."

"죽어 나간 놈은 없고?"

"어, 없사옵니다요."

"관리 잘해. 한 놈이라도 죽어 나갔다간 네놈들을 모조리 쳐 죽일 테니까."

"조, 존명!"

황급히 고개를 조아리는 양 공공에게 벽사흔의 물음이 이어졌다.

"예쁜이들은?"

"고, 공주 마마들께오서도······."

"여편네들 싸움질은 없고?"

"화, 황후께오서 워낙 강녕하신 터라······."

"후궁이랍시고 여편네들이 나서서 지랄들 떨면 나라가 망하는 거야. 그거 단속하라고 네들이 있는 거고."

"항상 명심하고 있사옵니다요."

"황후는 효도하냐?"

"그것이······."

양 공공이 말을 아꼈다. 황후와 태후의 관계는 그다지 좋지 않았기 때문이다.

여전히 황궁 내에서 권력을 유지하길 바라는 태후와 황실 안의 일을 자신의 손으로 꾸리고 싶어 하는 황후의 충돌은 꽤나 소란스러웠다.

더구나 황제와 태후의 관계도 그다지 원만하지 않았다. 과거 태후가 침전에 궁형(宮刑)을 당하지 않은 내시를 들인 까닭이었다.

그 일이 있은 후 선덕제는 자신이 죽으면 황후를 순장(殉葬)하라 명해 놓았다.

당연히 황후가 태후에 대해 좋은 감정일 리 없는 이유 중 하나였다.

"할망구는 여전한 모양이구나."

다행히 질문이 아니었기에 황망한 답을 하지 않아도 되었다.

하지만 안심은 금물이라고, 곧바로 날아든 질문에 양 공공은 당혹한 표정으로 끙끙거렸다.

"할망구는 여전히 침전으로 사내를 끌어들이나?"

"그, 그, 그것이……."

답해도 죽고, 답하지 않아도 죽는다.

답하면 황실의 기밀을 누설했으니 죽어야 했고, 답하지 않으면 겁대가리를 상실했다고 칼을 들고 설칠 게 뻔했다.

죽음의 덫에 걸린 쥐처럼 전전긍긍하던 양 공공은 잠시 갈등했다.

'대항해?'

그래도 현경이란 지고한 경지에 오른 자신이다. 적어도 반항은 할 수 있지 않을까 싶었다.

하지만 자신 같은 생각으로 대항을 선택했던 이전 제독태감은 산 채로 팔다리를 차례차례 뜯겨 죽었다.

그런 그의 경지도 자신과 같은 현경이었다.

기억이 떠오르자 '대항'이란 두 글자는 떠오를 때보다 신속하게 사라졌다.

지금 눈앞에 앉아 있는 상대에겐 그저 편하게 죽여 달라고 말하는 게 더 낫다는 것을 알기 때문이다.

생을 포기하며 눈을 질끈 감은 양 공공의 귀로 바람 빠지는 듯한 소리가 들렸다.

그 소리에 조심스럽게 눈을 뜨자 피식거리는 벽사흔의 미소가 보였다.

"역시 네들은 머리가 좋아. 그게 항상 문제지만."

벽사흔의 말뜻을 완벽하게 알아듣지는 못했지만, 자신이 죽음의 덫에서 벗어난 것은 알 수 있었다.

작게 안도의 한숨을 내쉬는 양 공공에게 벽사흔이 말했다.

"네놈이 답을 못한다면 여전한 것이겠지. 하지만 지금의 주인은 그 양반이야. 네가 그 친구의 수족이었다 해도, 그 친구가 그 할망구를 얼마나 아꼈는지 알고 있다고 해도. 지금 주인의 마음을 어지럽히려 든다면 그 할망구는 네 적인 거다. 알지?"

"소, 소인이 어찌 감히……."

"감히는 무슨……. 영감탱이 죽은 지 고작 석 달 만에 남자를 끌어들인……. 하여간 다시는 그런 일이 없도록 해!"

"소, 소인이 어찌……."

"똑같은 말 시키지 말자. 동창의 능력이면 할망구의 침전에 들기 전에 목을 따든 그걸 자르든 충분히 할 수 있잖아."

벽사흔의 말에도 양 공공은 답을 하지 못했다. 그런 양 공공을 잠시 노려보던 벽사흔이 그의 입장을 이해한 것인지, 아니면 포기한 것인지 화제를 돌렸다.
 "서창, 여전하지?"
 서창은 금기시된 단어다. 물론 어림대장군에겐 금기시된 단어라기보다는 박쥐 새끼들이 우글거리는 더러운 곳이라 언급할 가치가 없었던 것이겠지만 말이다.
 "서, 서창은 어인 일로 찾으시온지요?"
 "대가리, 네가 맡고 있나?"
 "아, 이니옵니다요."
 "하면?"
 "화, 황상께오서 다, 달리 책임자를 두셨사옵니다요."
 "불러."
 "예?"
 "그 새끼 불러오라고."
 "어, 어인 일로……?"
 자신의 물음에 벽사흔의 미간에 깊게 파인 주름을 발견한 양 공공이 황급히 말을 바꿨다.
 "소, 속히 대령하겠사옵니다요."
 "시간 없다."
 "조, 존명!"
 복명한 양 공공이 황급히 뛰기 시작했다. 실로 오랜만에 보는 그 모습에 환관들은 새삼스런 눈으로 상석에 몸을 파

묻고 있는 사내를 흘깃거렸다.

†　†　†

등원현신(藤原玄信), 원래의 이름은 후지하라 하루노부. 동영(東瀛) 출신으로, 조선을 거쳐 명에 들어온 무사였다.

그가 좌군도독의 눈에 띄어 천거된 것은 그의 인생에서 꽤나 극적인 일이었다.

"등원 도독."

다급한 음성에 뒤를 돌아보자 동창의 제독인 양 공공이 다급히 그를 향해 달려왔다.

"왜? 므슨 이리무니까?"

동영인 특유의 발음이었지만, 양 공공은 그것을 문제 삼을 정신이 없었다.

"서, 서두릅시다. 어림대장군이 부르시오."

"어림대장쿤?"

"그런 분이 계시오. 서두르시오."

"노픈 분이므니까?"

"높소, 높아도 너무 높은 분이오. 하니 속히 따라오시오."

등원현신은 양 공공이 지금처럼 서두는 모습을 본 적이 없었다.

그 탓에 그도 덩달아 바삐 뛰었다.

황궁 내에선 뛸 수 없다는 금기를 깨며 달려온 등원현신은 제독태감의 자리에 기대앉은 젊은이를 보았다.

'황자?'

하지만 이내 고개를 갸웃거려야 했다. 그가 얼굴을 모르는 황자는 없기 때문이다.

그렇다고 강자로 보이진 않았다. 특별한 기세도 못 느끼겠고, 너무 젊다는 것도 마음에 걸렸다.

그 탓에 등원현신은 눈앞의 사내를 그저 배후 세력으로 인해 벼락출세한 풋내기 고관 정도로 판단했다.

자신을 탐색의 눈으로 훑어보는 등원현신을 물끄러미 바라보던 벽사흔이 물었다.

"이놈인가?"

"예. 서창의 등원 도독입니다요."

갑자기 들려온 높고 가는 목소리에 등원현신이 놀란 표정으로 양 공공을 보았다. 그로서는 처음 듣는 양 공공의 미성이었던 까닭이다.

"등원? 그런 성도 있어?"

"그게… 동영인입니다요."

양 공공의 말에 벽사흔의 눈에 이채가 어렸다.

"왜놈?"

벽사흔의 말에 등원현신의 인상이 구겨졌다. 기분이 상한 까닭이다.

그런 등원현신을 보며 벽사흔이 피식 웃었다.
"이 자식 보게. 어쭈, 째려보면 어쩔 건데?"
"말흘 가려서 하셔스믄 조케스므니다."
"이 자식, 뭐라는 거야?"
"이 자식……. 나도 참는 거토 한케가 있스므니다."
"한계? 지금 이 자식 나한테 참는 것도 한계가 있다고 한 거 맞지?"
 신기한 물건을 보듯 바라보는 벽사흔의 물음에 양 공공이 고개를 조아렸다.
"그, 그렇게 들리으니다요."
"웃긴 놈일세. 네가 안 참으면 어쩔 건데?"
 어이없는 웃음을 단 벽사흔의 물음에 등원현신은 겁을 줄 요량인지 날카로운 살기를 내보이며 말했다.
"주클 수도 있스므니… 커헉-!"
 말을 하다 만 등원현신은 어느새 자신의 목 줄기를 강하게 움켜쥔 벽사흔으로 인해 밭은 비명을 질러야 했다.
"너, 칼을 두 자루 가지고 다니니까 막 목숨도 두 개일 거 같고 그런 거지? 그렇지?"
 얼굴을 바짝 들이밀고 묻는 벽사흔의 눈이 살기로 노랗게 물들어 번들거렸다.
 그 눈과 마주친 등원현신은 그간 잊고 살았던 두려움을 깊은 기억의 창고에서 끄집어내야만 했다.

순식간에 등이 축축하게 젖은 등원현신은 자신의 의지를 모두 동원해 고개를 젓는 것에 써야만 했다.

그렇게 하지 않으면 금방이라도 죽을 것 같은 공포심 때문이었다.

그제야 등원현신을 내팽개치듯 풀어 준 벽사흔이 다시 자리에 앉았다.

그 모습에 양 공공이 재빨리 등원현신에게 말했다.

"어서 용서를 비시구려… 요."

화들짝 놀라 벽사흔의 눈치를 보는 양 공공의 모습이 무엇에서 기인한 것인지 깨달은 등원현신은 황급히 일어나 무릎을 꿇고 앉았다.

"용서해 주시기 바라무니다. 다음엔 절대로 이런 일이 없을 거므니다."

"어이~ 등신."

"드, 등신이 아니라 등원현신이므니다."

"네 글자, 길잖아. 그러니 줄이자고. 맨 앞글자랑 뒷글자로 등신. 간단하고 좋잖아. 그리고 한 가지 더. 내 앞에서 다음이란 존재하지 않아. 네게 다음이 주어진다면 그건 죽음일 거란 걸 꼭 기억해. 알았나, 등신?"

흉포한 야수의 그것과 닮은 살기가 음성에 푹 젖어 있었다.

말만으로도 사람에게 공포를 줄 수 있다는 걸 처음 알게 된 등원현신은 자신의 이름 따위를 바로잡을 생각은 저 멀리 날아가 버리고 말았다.

"아, 알겠스므니다."

상대가 적당히 자신을 알았을 것이라고 생각한 벽사흔이 자신이 원하는 것을 물었다.

"최근에 서창에서 산동으로 나간 애들이 있나?"

"사, 산동? 어, 업스므니다."

거짓이 눈에 보이는데도 고개를 젓는다.

자신의 살기를 정면에서 받고도 저런 상태를 유지한다는 것이 신기해 보였다.

"상전을 위해 목숨을 버리는 일에 익숙한 모양이로군. 좋은 자세니까 한 번 더 봐준다. 조금 편하게 가 보자. 양!"

"예이~"

"황궁의 기밀에 관계된 것일지라도 내가 묻는 말이면 답해도 된다, 안 된다?"

"되, 되옵니다요."

"왜?"

"서, 선황께선 물론이시고, 당금의 황상께서도 묻는 건 남김없이 사실대로 고하라 명하신 까닭이옵니다요."

양 공공의 답에 고개를 끄덕인 벽사흔이 등원현신에게 물었다.

"이제 알았으면 다시 묻지. 산동에 나간 서창 애들 있어,

없어?"

 벽사흔의 물음에 등원현신의 시선이 양 공공에게 향했다. 방금 한 말이 사실이냐는 뜻이다.

 등원현신의 눈길에 양 공공은 서서히 난폭해져 가는 벽사흔의 눈빛을 살피며 맹렬하게 고개를 끄덕였다.

 그것을 확인한 등원현신이 답을 하려는 찰나였다.

 "필요 없어! 네놈을 자근자근 밟은 후에 부도독에게 물으면 되니까!"

 퍼억-

 "커헉!"

 입이 벌어지고 비명이 튀어나왔다. 중원의 분류상 화경의 극의에 이르렀다는 고수가 허벅지를 한 대 걷어차였다고 비명을 지른 것이다.

 하지만 양 공공은 그걸 비웃을 수 없었다. 벽사흔의 손속에는 화경의 극의가 아니라 현경도 무소용이라는 것을 실제로 체험했었기 때문이다.

 그렇게 양 공공은 근 이각 동안 가해지는 무자비한 구타를 움찔거리며 지켜봐야만 했다.

 두 번째 차가 올려졌다.

 "흠… 마음을 가라앉히는 데는 차가 좋다는 말을 요사이 실감하는 중이야."

벽사흔의 말에 양 공공이 고개를 조아렸다.

"감축드리옵니다요."

"뭘?"

"새, 새로운 것을 깨달으셨으니 말이옵니다요."

"흠… 그런가?"

"예, 대인."

아부가 분명할 양 공공의 말에 피식 웃어 보인 벽사흔이 눈, 코, 입이 제대로 구별되지 않을 정도로 두드려 맞은 등원현신에게 시선을 주었다.

"어이, 등신."

"예, 예이, 대인."

"산동으로 몇 명이 나갔다고?"

"여더비었스므니다."

"여덟이라……. 잘하는 놈들인가?"

"초, 초그기 두울, 초저정이 여섯이었스므니다."

"누구 명이었나?"

"호푸상서이므니다."

등원현신의 답에 벽사흔의 시선이 자신에게 향하자 양 공공이 재빨리 부연 설명을 이었다.

"성명은 방민, 신국공의 수족이옵니다요, 대인."

"결국 그 늙은이의 뜻이란 건데……. 이유는?"

그 물음이 누구에게 향한 건지 몰라 당황하던 둘은 슬쩍 찌푸려지는 벽사흔의 미간에 화들짝 놀라 동시에 떠들었다.
"그것까지는 알지 못합니다요."
"곡부의 치안을 확보하는 것이었스므니다."
두 사람 중 등원현신의 답에 정보가 들어 있자 벽사흔의 시선이 다시 등원현신에게 쏠렸다.
"곡부의 치안?"
"그러스므니다."
"곡부의 치안을 확보하는데 왜 서창을 동원해?"
"거리적거리는 강호 무파 이타고 했스므니다."
"그게 혹시 태산파?"
"맞스므니다."
문제는 기간이다. 태산파는 지난 삼십 년간 벌어진 일이라고 했다.
하지만 등원현신이란 동영의 무사가 서창을 맡은 것은 이제 겨우 일 년 남짓이다.
벽사흔이 퇴역하기 전까진 본 적도 없는 놈이었기 때문이다.
"전 서창 도독은?"
자신을 향한 벽사흔의 시선에 흠칫 놀란 양 공공이 답했다.
"은퇴하였습니다요."
"언제?"

"일 년 조금 안 되었습니다요."

"어디에 있지?"

"그, 그것이……."

머뭇거리는 양 공공을 벽사흔이 노려보았다.

"뒈지고 싶은 게로구나."

"아, 아니옵니다요."

"하면?"

"고, 곡부에 있사옵니다요."

현 서창 도독은 곡부로 서창의 고수들을 보내고, 전 서창 도독은 곡부에 눌러앉았다.

다른 일이 없어도 이상해 보이는 상황이었다.

"네가 모른 척 나둘 리 없는 일일 텐데?"

벽사흔의 물음에 양 공공은 덜덜 떨면서도 애써 시선을 피하기만 했다. 그러자 벽사흔의 광포한 살기가 그대로 쏟아졌다.

"네놈의 목을 꺾고, 저기 있는 놈들 하나하나 해체하다 보면 부는 놈이 있겠지. 그러니 괜찮아. 이만 죽어 줘도 말이야."

천천히 일어서는 벽사흔의 음성에서 끈적끈적한 살기가 느껴졌다.

그것은 지금 한 말이 진심이란 것을 강변하고 있었다.

결국 천천히 다가오는 벽사흔의 손이 그의 목에 닿을 때쯤 양 공공의 울음 섞인 음성이 흘러나왔다.
 "그, 그것이… 태, 태후전의 흑안령(黑眼令)이……."
 흑안령. 보여도 보지 말라는 명령.
 들려도 듣지 않는 폐이령(閉耳令), 할 말이 있어도 하지 말아야 하는 함구령(緘口令)과 함께 금궁삼령(禁宮三令)으로 불리는 명이다.
 "할망구가……?"
 벽사흔의 중얼거림에 양 공공은 아무 답도 못하고 덜덜 떨 뿐이었다.
 이런 것이다. 이런 두려움이 싫었다.
 그래서 양 공공은 무슨 수를 쓰든지 간에 어림대장군을 보고 싶지 않았다.
 만에 하나 누군가 이 세상에서 제일 보기 싫은 이를 꼽으라고 한다면 양 공공은 주저 없이 어림대장군을 지목할 것이다.
 물론 그가 없는 곳에서, 죽었다 깨어나도 알지 못한다는 단서가 붙을 경우에 한해서겠지만…….

 동창 건물을 나선 벽사흔은 한참의 갈등 끝에 내정으로 들어섰다.
 내정은 황제와 황제 일가의 거처로, 황자와 부마들을 제외하고는 남자는 들어올 수 없는 금남의 구역이다.
 물론 그들의 경호를 맡는 금의위와 동창에겐 해당 사항이 없었지만, 그들도 지켜야 할 황궁의 법도가 있었다.
 그것은 내정의 각 전각에 머무는 여인들과 눈을 마주치면 안 된다는 것이었다.
 그런 내정으로 거침없이 들어서는 벽사흔을 시녀들이 놀란 눈으로 바라보았다.
 그런 눈들 중 일부가 빠르게 움직였다.

"누가 와?"

황후의 물음에 시녀가 재빨리 답했다.

"어림대장군이옵니다, 황후 마마."

"그가 어찌……. 설마 황상께서 불러들이신 것이냐?"

"그것까진……. 알아볼까요?"

시녀의 물음에 잠시 갈등하던 황후는 고개를 저었다.

황궁 어디에서도 그에 대한 이야기를 곧이곧대로 듣긴 어려웠다.

죽고 싶은 이가 아닌 다음에야 그에 관한 이야기를 떠들고 다닐 궁인이나 관인은 없기 때문이다.

"아니다. 한데 그가 어디로 가더냐?"

"방향이 태후전 같았사옵니다."

"태후전?"

황후가 알기에 태후와 어림대장군의 사이는 좋지 않았다.

물론 처음부터 좋지 않았던 건 아니다.

선황이 붕어하기 전만 해도, 아니 태후가 궁형을 받지 않았던 전대 동창 제독을 침전으로 끌어들이기 전까지만 해도 두 사람의 사이는 친정아버지와 시집간 딸 같았다.

외모로 볼 땐 말도 안 될 비교였지만, 그것을 이상하게 보는 궁인은 아무도 없었다.

달리 사신이라고도 불렸던 어림대장군에게 붙여진 또 다른 별명 때문이었다.

늙지 않는 괴물.

궁인들의 피를 빨아 먹고 젊음을 유지한다는 소문이 돌던 때에 붙여진 궁인들끼리만 통하는 별명이었다.

열둘에 시집와서 처음 보았던 어림대장군의 얼굴과 십오 년이 흘러 그가 퇴역할 때 보았던 얼굴은 차이가 없었다.

궁금했지만 황후는 그것이 어떻게, 무슨 방법으로 가능한 것인지 물어보지 못했다.

그것은 궁인들의 피를 빨아 먹고 젊음을 유지한다는 궁 안의 소문에 대한 순수한 두려움 때문이었다.

그런 그가 돌아왔다. 눈물까지 보이는 황상의 만류를 뿌리치고 나간 그가…….

"사람을 풀어 태후전에서 무슨 대화가 이루어지는지 알아보거라. 그리고 대화가 끝나시거든 내가 청한다고 전하고."

황후의 명에 고개를 숙여 보인 시녀가 황급히 밖으로 나갔다.

세월은 참으로 고약한 것이다.

열여덟, 꽃보다 아름답다는 나이의 어여쁜 새색시는 어느새 환갑을 바라보는 쭈그렁 할망구가 되어 있었다.

"어쩐 일이신가요?"

나이가 들었어도 음성은 예전처럼 곱고 부드러웠다.

"신국공과의 일에서 손을 떼라."

황후일 때도, 자신의 부군인 황제가 보는 앞에서도 존대를 하지 않았던 사람이다.

그런 이에게서 이제 와 존대를 들을 것이란 기대는 하지도 않았다.

하지만 기껏 칠 년 만에 얼굴을 보면서 하는 말이 겨우 신국공과의 일에서 손을 떼라는 말이라는 건 참을 수가 없었다.

"제게 하실 말씀이 고작 그것뿐인가요?"

"그럼 달리 할 말이라도 있다고 생각했더냐?"

"칠 년입니다, 칠 년! 칠 년 만에 오셔서 제게 하실 말씀이 그것뿐이냐고요!"

고운 음성은 사라졌다. 대신 분노에 가득 찬 노파의 갈라진 음성이 그 자리를 채웠다.

"네게 할 말은 그것뿐이다."

"도대체 왜! 왜! 왜 그러냐고요!"

"몰라서 묻는 건 아닐 거라 생각한다."

표정 하나 음색 하나 변하지 않는 벽사흔을 노려보며 태후가 말했다.

"그는… 선황은 돌아가시기 오 년 전부터 태자비전엔 걸음도 하지 않았어요!"

병약했기 때문이었다.

조금이라도 더 살기 위해 홍희제는 발버둥을 쳤다. 그런 발버둥 중의 하나가 여인을 멀리하는 것이었다. 자신의 정실인 태자비마저도 말이다.

"그건 이유가 될 수 없다."

"의부께서 사랑을 알아요? 알지 못하기 때문에 할 수 있는 말이라고요!"

그래, 그럴지도 모른다.

하지만… 죽지 않기 위해 발버둥 치는 남편을 그저 육체적 사랑을 주지 않는다는 이유로 원망하는 여자, 그것이 벽사흔의 마음을 아리게 했었다.

"그는… 네 남편은 살고 싶어 했다. 네가 나삼에 술상이 아니라, 궁장에 약탕기를 들었었다면 그는 마지막 숨을 놓는 그 순간까지 네 곁을 떠나지 않았을 것이다."

"그것은… 그것은 사는 게 아니잖아요. 난 의녀가 아니라 여자였다고요!"

여전히 변하지 않는 비틀린 아집과 마주 서는 것은 슬픈 일이다. 그것이 아끼는 사람일 경우엔 더없이.

"넌 변한 것이 없구나. 내가 찾아온 게 잘못인 모양이다."

그 말을 남기고 일어서는 벽사흔에게 태후가 부르짖듯 외쳤다.

"변해요? 왜요? 내가 왜 변해야 하냐고요! 내가 뭘 잘못해서!"

악을 써 대는 태후에게서 몸을 돌린 벽사흔이 차가운 음성으로 말했다.
"손을 떼라. 아니면……."
뒷말을 차마 끝맺지 못한 벽사흔이 방을 벗어나자 그 뒤에 대고 태후가 비명 같은 고함을 질러 댔다.
"저도 여자였다고요! 사랑을 받고, 사랑을 하고 싶은 그런 여자였다고요!"
멀리서 메아리치듯 들려오는 태후의, 의녀의 고함을 애써 외면하며 나가는 벽사흔의 눈빛이 가늘게 떨리고 있었다.

† † †

태후전에서 나오는 벽사흔을 기다린 것은 황후전의 시녀였다.
"무슨 일이냐?"
벽사흔의 물음에 시녀가 공손히 답했다.
"황후께서 대인을 청하십니다."
"황후가?"
"예, 대인."
잠시 갈등하던 벽사흔이 고개를 끄덕이자 시녀가 그를 안내했다.
황후전으로 들어서는 벽사흔을 황후가 서서 맞았다.
"오서오세요, 대장군."

"이미 잃어버린 직함이다."

언제나 듣기 싫은 반말이다.

도대체 신하가 군주의 아내에게 반말을 하다니, 저런 인사를 왜 그냥 두는지 황후는 좀처럼 이해할 수 없었다.

"이 궁 안에 머무는 누구도 그리 생각하지 않을 겁니다."

우선 황제가 그리 생각하지 않았다.

황제는 명 제국 최강이라는 어림군의 지휘관 자리를 벌써 이 년째 비워 두고 있었다.

황제는 언제라도 어림대장군이 그 자리로 돌아올 것이라고 믿고 있었던 것이다.

"그건 네들 생각이고."

참으로 정나미 떨어지는 화법이었다.

"그럴지도 모르지요……. 그나저나 오늘은 태후 마마를 뵈었다고요?"

"그래."

"그 추잡한 괴벽을 고치도록 말씀하신 겁니까?"

순간 꿈틀거리는 벽사흔의 검미를 보며 황후는 배시시 웃었다.

"제가 말실수를 한 모양이로군요."

"실수였다면 되었다. 하지만 의도된 말이었다면 다음엔 그러하지 마라. 말은 양날의 칼과 같아서, 다시 돌아와 네게 상처를 입힐 것이다."

"고리타분한 말씀을 하시는군요. 그러니 태후께서도 그 모양으로 늙은 것이겠지요."

황후의 말에 굳어 있던 벽사흔의 표정이 풀어졌다.

약이 오르라고 던진 말에 오히려 표정이 풀어지니 황후는 놀란 표정이 되었다.

"제 말이… 재미있는 모양이시군요?"

"설마. 마음먹고 혀에 칼을 달고 하는 말에 재미가 있을 턱이 있나?"

"한데 왜 웃으시는지 물어도 되겠습니까?"

"생각 중이라고나 할까? 네 목을 비틀고, 그 양반한테 뭐라고 변명하면 넘어갈까 하고 말이야."

싱긋 웃는 벽사흔과 달리 황후의 표정은 차갑게 굳어 버렸다.

"대역죄에 해당하는 말씀을 아무렇지도 않게 하시는군요?"

"대역죄라……. 내겐 대명률이 소용없어. 태조께서 정한 규칙이지."

"이렇게 오래 살 거라 생각 못하신 탓이겠지요."

서리가 내릴 듯 차가운 음성에 벽사흔이 피식 웃었다.

"네 아비가 이부좌시랑(吏部左侍郞:정3품 관리)이었지, 아마?"

순간, 황후의 낯빛이 하얗게 질렸다. 벽사흔이 부친의 이름을 거론한 까닭을 짐작한 탓이다.

"만약 손끝 하나라도 건드린다면… 결단코 용서치 않을 것이에요."

"그런 말은 너무 많이 들어서 겁을 먹고 싶어도 먹을 수가 없어. 조금 참신한 것을 떠올려 봐."

"이익!"

분에 떠는 황후를 바라보며 벽사흔이 차고 낮은 음성으로 한 자 한 자 힘주어 말했다.

"황후 이상의 권력은 바라지도, 원하지도 마라. 어차피 그 양반이 죽으면 순장으로 끝날 일이다."

자신의 급소를 건드려서인지 황후는 눈썹을 파르르 떨뿐, 아무 말도 하지 못했다.

그런 황후에게 벽사흔이 날카로운 눈빛으로 말을 더했다.

"황제에게 있어 가장 큰 적은 외적이 아니라 황위를 노리는 아들이고, 그것을 부추기는 아내라 했다. 이 말을 뒤집어 보면 네가 경계해야 할 말이 될 것이다."

그 말을 남겨 두고 나가는 벽사흔을 황후는 분노가 이글거리는 눈빛으로 바라보았다.

황후전을 나선 벽사흔은 답답한 표정이었다.

태후는 자신이 무엇을 원하는지도 모르면서 발악 중이었고, 황후는 잡지 못할 권력을 향해 야욕을 불태우고 있었다.

그 일을 막고 중심에 서야 할 동창 제독이란 놈은 태후의 손에 놀아나고 있고, 서창의 우두머리는 황궁의 일엔 아무것도 모르는 동영 놈을 앉혔다.

 그 모든 것이 태후의 머리에서 나왔다면, 신임 서창 제독을 천거한 좌군도독까지도 태후의 사람이 되었다고 보아야 했다.

 정작 자신의 머리 위에서 무슨 일이 벌어지는 줄도 모르면서 황후는 권력을 향한 탐욕을 태우고 있었다.

 실제로는 그것을 움켜쥘 실력도, 능력도 되지 못하는 여인이 말이다.

 "가지치기 해야 하나?"

 유난히 벽사흔의 음성이 살기로 번들거렸다.

† † †

 문무백관 등청 회의가 끝이 났다.

 곧이어 회의에 참석한 문무백관들을 위로하기 위한 연회가 이어지겠지만 그동안 잠시 휴식이 주어졌다. 그제야 선덕제는 양 공공의 부재를 인식했다.

 "제독태감이 보이지 않는구나?"

 선덕제의 물음에 동창의 좌첩형인 유 공공이 황급히 허리를 숙였다.

"잠시 동창에 일이 생겨 나간 줄 아뢰옵니다요."
"동창에 일이 생겨? 무슨 일이란 말인가?"
평소라면 그냥 그러려니 신경을 껐을 황제가 오늘따라 연유를 물었다.
생각지도 못한 상황에 당황한 유 공공이 말을 더듬었다.
"그, 그것이… 저, 정확히는 모, 모르옵니다요."
궁에서 삼 년을 살면 장님, 벙어리, 귀머거리가 되고, 오 년을 살면 눈치만으로도 세상을 살 수 있다고 말한다.
그런 궁에서 자그마치 이십육 년을 살았다. 그런 선덕제가 유 공공의 이상함을 눈치채지 못할 리 없었다.
"바른대로 고하면 살려는 주마."
마치 부드럽게 타이르듯이 말하는 선덕제의 말에 유 공공의 신형이 무너져 내렸다.
"폐, 폐하."
"폐하란 존칭을 듣고자 함이 아니라 답을 원하는 것이야. 모르겠느냐?"
"그, 그것이……."
"설마 양 공공이 나보다 무서워서 말을 못하는 것이더냐?"
"어, 어찌 소인이 감히!"
"하면 답하라."
선덕제의 명에 유 공공이 이마를 바닥에 대고 떨리는 음성으로 말했다.

"사, 사신, 아니 어, 어림대장군의 부, 부름을 받고……."

말은 다 끝내지도 못했다. 황제가 후다닥 뛰어나갔기 때문이었다.

놀란 유 공공과 다른 환관들이 황급히 그런 황제의 뒤를 따랐고, 중무장한 금의위 위사들도 허둥지둥 황제를 따라 뛰었다.

내정에서 나오던 벽사흔은 '결단코 피해야 할 인물과 정면으로 조우했다.

"만세, 만세, 만만세."

우렁찬 만세 삼창과 함께 벽사흔이 군례를 취했다.

"대장군!"

반가운 얼굴로 달려온 황제가 그렇게 한쪽 무릎을 꿇어앉은 벽사흔을 일으켜 세웠다.

"언제 온 것입니까? 미리 기별을 하지 않고서요."

얼마나 뛰어왔기에 이마에 송골송골 땀이 맺혀 있었다.

그런 선덕제의 이마를 벽사흔이 손으로 닦았다. 순간, 주변의 금의위 위사들이 움찔했다.

용안에 손을 대는 것은 금기다.

하물며 태후나 황후조차 손을 댈 수 없는 것이 황궁의 법도이니 지금의 행실만으로도 천참만륙 능지처참의 형을 받아도 할 말이 없을 것이었다.

그런 벽사흔을 선덕제는 그저 반갑고 흐뭇한 표정으로 바라볼 뿐이었다.

자리를 옮긴 곳은 무영전에 딸린 작은 서재였다.
황제는 금의위는 물론이고 환관들마저 모두 물린 후, 벽사흔과 독대를 하고 있었다.
"이게 얼마 만입니까?"
"겨우 이 년입니다."
"겨우라니요. 전 마치 이십 년은 된 듯합니다."
황제의 말에 빙긋이 미소를 지은 벽사흔이 황제의 완맥을 잡았다.
"내공을 연성하지 않으셨군요."
"운기인가? 그걸 하고 있을 시간이 부족해서요."
겸연쩍게 웃는 선덕제에게 벽사흔이 걱정스런 표정으로 물었다.
"부친을 닮은 신체십니다. 아십니까?"
"알죠. 태자 시절에 심공을 가르쳐 주시면서 제대로 안 배우면 몇 년 못 살고 뒈질 테니, 밥 처먹는 것처럼 열심히 하라고 하셨으니까요."
자신이 했던 이야기를 고스란히 기억하고 있는 선덕제의 말에 벽사흔이 피식 웃었다.
"그런데도 이 모양으로 익히셨단 말이십니까?"

"제 고집도 선황을 닮은 모양이지요. 기억엔 아마 선황도 이기지 못하셨던 것으로 압니다."

"황궁에 들어오고 그게 내 첫 패배였지요. 그리고 가장 뼈저리게 후회하는 일 중에 하나고요. 두 번째 패배는 당하고 싶지 않군요."

"패배까진 밀어붙이지 않겠습니다. 다만, 지연전은 감당하셔야 할 겁니다."

"언제까지요?"

"태자가 군왕의 자질을 갖출 때까지가 되겠지요."

"양위를… 생각하십니까?"

"죽어서 물려주는 황위는 기반이 약해요. 선황 때도 그랬고, 짐의 등극 때도 그랬습니다만, 황위가 건실하자면 선황이 아니라 상황이어야 합니다."

"한 하늘에 두 개의 태양이 존재할 순 없는 법입니다."

"상황은 태양이 아니라 달이 될 겁니다. 어두운 밤에 떠서 길손의 앞길을 밝혀 주는 달이 말입니다. 그렇게 황제가 보지 못하는 곳을 어루만지는 존재가 되면 됩니다."

"차라리 믿을 만한 신하를 두세요."

벽사흔의 권유에 황제는 엉뚱한 이야길 꺼냈다.

"할아버님의 말씀이 기억납니다."

"무슨 말 말입니까?"

"명에 어림대장군 같은 사람이 둘만 더 있다면 대명이 만

년을 갈 것이라고 말이에요."

"그 친구가 술김에 한 말입니다."

친구, 그가 살아 있을 땐 정말로 친구로 지냈다.

그게 무슨 관례처럼 굳어져 그 아들 대에도, 또 지금의 손자 대에도 자신과 친우로 지내고 싶어 했다.

"취중 진담이라 하지요. 그게 아니더라도 할아버님은 허언을 하시는 분이 아니었습니다."

"제 권유에 대한 답은 아니로군요."

"제게 대장군 같은 신하가 둘, 아니 한 명만 있다 해도 그 권유를 따를 것입니다. 하나……."

이어질 말이 무엇인지 알기에 벽사흔은 웃으며 고개를 저었다.

"고인 물은 썩습니다."

"대장군은 썩어서도 도움이 될 이라 믿습니다."

"내가 썩지 않아도 주변의 물이 썩을 겁니다. 그게 세상입니다."

벽사흔의 말에 선덕제는 고개를 저었다.

"그래도 대장군이 곁에 있다면 모두 감수할 수 있습니다."

어린애처럼 보채는 황제를 보며 벽사흔은 난처하게 웃었다.

그날 술상을 들인 황제는 밤새 벽사흔을 설득하고 또 설득

했다. 하지만 다음 날 깨어난 선덕제는 자신의 곁에 그가 없음을 보아야만 했다.

"하아~ 구름이려는가?"

아쉬운 마음에 중얼거리며 일어서던 선덕제는 의아한 표정이 되었다.

저녁 내내 술을 먹었다. 속이 더부룩하고 머리가 깨어질 듯 아파야 정상이었다.

그러나 지금 선덕제의 머리는 너무나 맑고, 속도 어느 때보다 편안했다.

잠시 자신의 몸을 살피던 선덕제는 씁쓸한 미소를 지었다.

"그래도 그냥 떠난 건 아닌 모양이로구려."

그렇게 자신의 몸속에서 힘차게 움직이는 기운을 느끼며 선덕제는 멀리 서쪽을 바라보았다.

6권에 계속

www.mayabook.co.kr

www.mayabook.co.kr